Pit Vogt

FROM A distance

Stories über Hoffnung und Magie

Idee, Design & Layout: Pit Vogt / www.pit-vogt.com

Alle Stories sind frei erfunden

Impressum

Herstellung und Verlag:
BoD - Books on Demand, Norderstedt
ISBN 978-3-7481-3964-5

Inhalt:

Weiße Taube

Es war am Abend des 24. Dezember, am Heiligen Abend. Die Bescherung war längst vorüber und die kleine Familie saß bereits beim Essen. Mutter Anne und Sohn Jason waren glücklich. Glücklich, dass sie sich hatten und jedes Jahr Weihnachten miteinander verbringen konnten. Doch an diesem Weihnachten trübte etwas die Freude. Anne hatte kurz vor Weihnachten ihren Job verloren und musste nun zusehen, wie sie ihren kleinen Jason durchbrachte. Die Stütze reichte nicht aus und das, was sie sich mit Näharbeiten dazuverdiente, machte sie auch nicht wesentlich reicher. Trotzdem gab sie nicht auf. Schließlich erwartete Jason, dass ihn seine Mutter nicht im Stich ließ. Doch der war nicht dumm und wusste längst, wie es um die beiden stand. Aber er jammerte nicht und freute sich, dass er mit seiner Mutter feiern konnte. Draußen vorm Haus hatte es zu schneien begonnen und Anne schaute mit ihrem Sohn noch sehr lange aus dem Fenster. Viele Gedanken gingen ihr durch den Kopf. Was würde mit dem Haus? Lange könnte sie es nicht mehr halten und dann müsste sie es verkaufen. Oder der Gerichtsvollzieher würde es pfänden. Wäre das dann schon das Ende? Sie wollte einfach nicht mehr weiterdenken, hielt ihren Sohn ganz fest in ihren Armen. Der beobachtete die sanft vom Himmel fallenden Flocken und wusste, dass seine Mutter Angst hatte. Und er ahnte, dass sie wohl nicht mehr ewig in dem kleinen Haus am Wald leben könnten. Die beiden hatten Tränen in den Augen und Anne meinte schließlich, dass es Zeit wäre, ins Bett zu gehen. Sie waren auch schon so müde, dass es ohnehin nichts brachte, weiter über alle Not und die schlimmen Probleme nachzudenken. Es half ja doch nichts, sie mussten da eben durch. Es blieb nur die vage Hoffnung, dass es nicht noch schlimmer käme, denn dann wäre alles vorbei! Die beiden legten sich in ihre Betten und konnten doch nicht einschlafen. Anne ging noch immer so viel durch den Kopf. Warum nur der schreckliche Unfall damals, als Jim ums Leben kam. Gerade er musste gehen. Sie hatte ihn so geliebt und Jason sah ihm wie aus dem Gesicht geschnitten ähnlich. Er lachte auch so frech wie Jim. Warum nur musste alles so schlimm kommen, warum? Sie schaute durch die Gardine zum Himmel hinauf, doch der schwieg. Nur die Flocken schwebten sanft zur Erde herab. Dabei hätten die beiden so dringend ein Wunder gebraucht. Irgendwann schliefen sie ein und bemerkten nicht, dass sie die Kerzen auf dem Tisch im Wohnzimmer des Hauses zu löschen vergaßen. Da auch das Fenster, durch welches sie eben noch gemeinsam geschaut hatten, nicht richtig verschlossen war, drückte es der plötzlich aufkommende Wind auf. Der Luftzug fegte die Kerzen vom Tisch und die Glut des Dochtes fiel auf den Teppich. Sehr schnell fing er Feuer und brannte schon nach kurzer Zeit lichterloh. In rasanter Geschwindigkeit breitete sich das Feuer aus. Nach einer halben Stunde stand das gesamte Erdgeschoss in Flammen. Anne bemerkte einen beißenden Geruch. Sie hatte eine schwache Ahnung und sprang aus dem Bett. Doch als sie die Schlafzimmertür öffnete, war es bereits zu spät. Die Flammen standen schon auf der schmalen Treppe und fraßen sich schnell auf den Flur in der oberen Etage. Jasons Zimmer befand sich gleich neben Annes Schlafzimmer. In Windeseile nahm sie eine Decke und rannte in Jasons Zimmer. Der schlief wohl noch und Anne rüttelte ihn. Da er nicht gleich reagierte, nahm sie alle Kräfte zusammen und hob Jason aus dem Bett. Jetzt ging es um Sekunden! Jason war schwer, doch sie konnte ihn halten, da züngelten bereits die ersten Flammen in der Tür. Anne überlegte gar nicht lange. Sie wusste, dass sie zur Tür nicht mehr herauskamen und öffnete das Fenster. Der Luftzug setzte augenblicklich und mit einem lauten Knall das ganze Zimmer in Brand. Anne schaffte es in buchstäblich letzter Sekunde, aus dem Fenster zu springen. Glücklicherweise befand sich unter den Fenstern ein Sandhaufen und die beiden landeten relativ sanft. Unterdessen war Jason wach geworden und schrie wie am Spieß. Er begriff gar nicht, was geschehen war und fuchtelte nur mit seinen Armen und Beinen in der Luft herum. Die Anstrengung war wohl zu viel für Anne. Ihr wurde schwindlig. Doch Schwäche zeigen lag ihr nicht. Blitzschnell nahm sie ihren Sohn an die Hand und die beiden konnten sich gerade noch rechtzeitig in Sicherheit bringen, bevor die ersten brennenden Trümmerteile herunterfielen. Irgendwann stürzte schließlich das ganze Haus in sich zusammen und vor den Augen der beiden verwandelte sich die allerletzte Hoffnung in einen verkohlten Schutthaufen.

Nichts war mehr geblieben und beinahe wären sie sogar selbst ums Leben gekommen. Lange saßen die beiden unter dem kleinen Mandelbaum, unter den sie sich geflüchtet hatten. Sie konnten gar nicht mehr weinen, so schlimm war der Anblick ihres zerstörten Zuhauses. Wie sollte es nun weitergehen? Wie sollten sie weiterleben? Sie hatten nichts mehr, gar nichts mehr. Sie schauten sich in ihre rußverschmierten Gesichter und wussten nicht mehr, was sie denken sollten. Sollte das ein Heiliger Abend sein?

Als die Feuerwehr kam, war schon alles vorbei. Man untersuchte die beiden und brachte sie in eine Notunterkunft. Doch wovon sollten sie sich eine neue Bleibe kaufen? Anne war total verzweifelt und vollkommen am Ende. So viel Unglück auf einem Haufen hatte sie nicht vermutet. Sie glaubte bereits, der Teufel hatte seine Hand im Spiel. Doch was nutzte das schon? Diese Erkenntnis brachte ihnen auch keine neue Unterkunft mehr. Es war die blanke Not, welche sich tief in ihren Gesichtern eingebrannt hatte. Anne hatte recht seltsame Gedanken. Was wäre, wenn sie ihrem Leben und dem ihres Sohnes einfach … doch sie verwarf ganz schnell diese Wahnidee. So etwas wollte sie niemals denken. Nie! Es musste weitergehen, irgendwie! Und so beschloss sie, sich als Putzfrau irgendwo in der Stadt zu bewerben. Aber auch das gestaltete sich mehr als schwierig. Keiner wollte sie einstellen, denn sie hatte einen Sohn und keinen Mann daheim! Anne verstand die Welt nicht mehr. Irgendwann mussten sie aus dem Obdachlosenasyl ja raus und dann wären sie auf der Straße und allen Gefahren ausgeliefert. Das durfte niemals geschehen. Und es war ja Weihnachten! In der darauffolgenden Nacht ging sie zu den Überresten des Hauses und kniete sich in die erloschene Asche. Sie hatte dicke Tränen im Gesicht und dachte in einem fort nur noch an ihrem kleinen Jason. Was sollte denn nur aus ihm werden, wenn sie keine Lösung fand? Es durfte doch nicht sein, dass er keine Chance mehr bekam. Es durfte nicht sein. Und völlig verzweifelt faltete sie ihre Hände und schaute zu den unzähligen funkelnden Sternen dort oben am Firmament. Da sah sie den Schweif einer Sternschnuppe am nachtschwarzen Himmel und sie senkte den Kopf. Leise sprach sie: „Ach lieber Gott, wenn es Dich gibt, dann hilf meinem kleinen Jason. Nimm mich an dessen Stelle und lasse es ihm wieder gut gehen. Wenn es Dich wirklich dort oben gibt, dann finde einen Weg aus dieser furchtbaren Not. Tu es nicht für mich, tu es für Jason. Er hat doch sonst keinen mehr. Nicht einmal mehr seinen Vater. Du kannst doch nicht wollen, dass gerade jetzt an Weihnachten ein so kleiner Junge so traurig ist und weint." Ihre Trä-

nen und der dicke Kloß im Hals verwehrten ihr
das Weitersprechen. Sie starrte in die Dunkelheit
und dachte immerzu nur an Jason. Und sie dachte an Jim, der so früh gegangen war. Sie konnte
nicht glauben, dass all ihre Mühen und ihre
Hoffnung für Jason vergeblich gewesen sein sollten. Da hörte sie ein Gurren über sich. Sie schaute hinauf und sah, wie eine kleine weiße Taube
über ihrem Kopf herumflatterte. Sie setzte sich
schließlich auf einen verkohlten Balken und
schaute Anne lange an. Dabei bewegte sie ihr
Köpfchen ganz sacht und Anne lächelte das
Täubchen an. Sie konnte sich gar nicht erklären,
woher diese Taube so plötzlich gekommen war,
denn immerhin war es Nacht und was wollte die
Taube schon auf einem abgebrannten Trümmer-
haufen? Doch die Taube kam ein wenig näher
und pickte Anne in den Finger. Das tat jedoch
gar nicht weh. Irgendwie schien die Taube etwas
von ihr zu wollen. Schließlich sprang die Taube
auf den eingestürzten Kaminschacht und schlug
lange mit ihren Flügeln. Dann setzte sie sich auf
den Balken zurück und schaute Anne wieder so
seltsam an. Anne konnte sich das nicht erklären,
aber sie verspürte plötzlich den Drang, zu diesem Kaminschacht zu klettern und nachzuschau-
en, was dort sein konnte. Sie fand diese Idee
zwar total daneben, doch sie musste es tun. Außerdem war es doch ohnehin egal, ob sie das tat
oder eben nicht. Was sollte schon noch passieren? Es war doch schon alles kaputt. Und so raff-
te sie sich auf und kletterte über die Balken und

die verbrannten Reste des Hauses zu dem Kaminschacht hin. Auch die kleine Taube kam dorthin geflogen und schlug wieder mit ihren Flügeln. Anne wusste nicht, was das zu bedeuten hatte.

Sie konnte einfach nicht verstehen, was die Taube ihr zeigen wollte. Mit ihren Händen hob sie die verbannten Ziegelsteine aus dem Schacht und sah bald aus wie ein Schornsteinfeger. Und die Taube flog nicht fort. Sie beobachtete Anne interessiert und gurrte zwischendurch immer wieder. Anne wollte ihre Suche gerade aufgeben, da stieß ihre Hand an etwas Metallisches. Zunächst glaubte sie, es sei ein Trümmerteil des Kamins. Doch das war es nicht. Sie zog noch einmal kräftig an dem Gegenstand und barg schließlich eine rätselhafte Metallkassette aus dem Schutt. Staunend betrachtete sie sich das verrußte Fundstück und versuchte, den Deckel zu öffnen. Doch das ging nicht, denn die Kassette war verschlossen. Und einen Schlüssel konnte sie in den Trümmern nirgends entdecken. Sie hob die Kassette an und rüttelte sie heftig hin und her. Im Inneren klapperte irgendetwas. Mit einem herumliegenden Stein schlug sie schließlich auf das Schloss ein. Irgendwann gab es nach und der Kassettendeckel sprang auf. Was Anne dann erblickte konnte sie zunächst gar nicht glauben. Vor ihr glitzerte und funkelte es im matten Licht des Mondes und die Taube kam und setzte sich auf den offenstehenden Deckel. Unter einer Schmuckschatulle lagen mehrere Bündel Geldscheine. Es mussten wohl Tausende Dollar sein, die sie in ihren mit Ruß verklebten Händen hielt. Unter all dem Geld entdeckte sie außerdem noch mehrere Schriftstücke, es mussten irgendwelche Aktien sein. Doch so genau konnte sie es nicht erkennen. Schließlich flatterte ihr ein Brief vor die Füße. Sie nahm den Brief und öffnete ihn. Im schwachen Mondlicht konnte sie einige Zeilen entziffern – sie erkannte die Schrift – es war ein Brief ihres verstorbenen Mannes Jim. Die Taube erhob sich und flatterte noch einige Male um Annes Kopf bevor sie in der Dunkelheit verschwand. Anne schaute ihr noch lange hinterher. Und Fragen schossen ihr durch den Sinn: Hatte Jim damals all das viele Geld zurückgelegt? Und warum hatte er nie etwas gesagt? Sie nahm die Kassette an sich und lief zurück in die Notunterkunft zu Jason. Der lag in seiner Koje und schlief. Anne wusch sich erst einmal den Ruß von Gesicht und Händen. Dann setzte sie sich an den kleinen Tisch neben den Betten und las im Licht einer kleinen Nachttischlampe Jims Brief: „Liebe Anne. Wenn Du das liest, bin ich längst tot. Ich habe eine schwere Stoffwechselerkrankung und werde vermutlich bald sterben. Doch ich habe etwas zurückgelegt. Und ich habe Aktien gekauft. Und noch etwas – bitte nimm das Collier. Es gehörte einst meiner geliebten Mutter. Wenn Du mal so sehr in Not bist, dass Du nicht mehr weiterweißt, dann verkaufe es. Es soll aber nur Jason zugutekommen. Der Rest ist für Dich mein Schatz. Und nun, Adieu, ich liebe Dich. Jim." Die letzten Worte konnte Anne gar nicht mehr so richtig lesen, denn die Tränen liefen ihr in Strömen übers Gesicht. Doch sie hatte Angst, Jason könnte erwachen und sie weinen sehen. Sie musste ihre Tränen verbergen. Jason musste immer sicher sein, dass seine Mutter stark war und ihm helfen würde. Und so wischte sie sich auch dieses Mal die Tränen aus dem Gesicht und lächelte ihren kleinen Sohn an. Sie zog ihm die etwas verrutschte Decke wieder nach oben und gab ihm ein Küsschen auf die Stirn. Denn es war ja Weihnachten. Am nächsten Tag fuhr sie mit ihm in die Stadt, um den Schmuck schätzen zu lassen. Auch das Geld hatte sie gezählt. Es waren genau fünfzigtausend Dollar. Das Collier brachte sogar *150.000* Dollar ein, und sie legte das Geld für Jason an. Die Aktien lagen gut im Kurs und brachten noch einmal Hunderttausend. Die beiden konnte ihr Glück nicht fassen. Von dem Geld konnten sie sich ein neues kleines Häuschen kaufen und Jason war versorgt. Nur darum ging es Anne. Sie wollte ihren Sohn wieder lachen sehen. Und so langsam ging es aufwärts mit den beiden. Anne bekam wieder einen Job und Jason fehlte es an nichts. Welch ein Glück kehrte da in die kleine Familie zurück. Als Anne ein Jahr später mit Jason vorm Weihnachtsbaum saß, klopfte es plötzlich gegen die Scheiben. Die beiden wunderten sich, denn wer sollte um diese Uhrzeit schon noch kommen. Als Anne das Fenster öffnete, saß eine kleine Taube auf dem Fensterbrett und gurrte fröhlich vor sich hin. Und Anne streichelte sie, denn sie wusste längst, wer die kleine Taube war. Sie trug einen Ring um eines ihrer Füßchen. Es war der Ehering ihres verstorbenen Mannes Jim!

Der Turm

Die Millionärswitwe Agnes Miller wollte sich an jenem regnerischen Donnerstag auf den Weg zu ihrem Bankhaus begeben. Da sie nicht mehr sehr jung war, fühlte sie sich nicht sehr wohl. Doch das schien sie nicht zu stören. Denn noch am Morgen entließ sie auf telefonischem Wege einen ihrer Geschäftsführer, der ihr angeblich zu langsam arbeitete. Nachdem sie bereits die Hälfte ihres Bankhauses unter fadenscheinigen Gründen aus dem Hause gejagt hatte, musste sie nun endlich nach dem Rechten sehen. Und auch, wenn sie das überhaupt nicht wollte und bei diesem schlechten Wetter viel lieber in ihrem Schloss vor dem Kamin sitzen würde, trieb sie ihre Unruhe hinaus. Sie ließ sich von ihrem Diener Paul die lange schwarze Stretch-Limousine vor die Tür fahren und wartete nur noch auf den Schirm, den Paul über ihr stark geschminktes Haupt zu halten pflegte. Paul erschien und Agnes ließ sich stöhnend und vor sich hin schimpfend auf die weichen Lederpolster der Rückbank ihres Fahrzeuges fallen. Dann rief sie nur noch: „Worauf warten Sie noch? Wollen Sie hier herumstehen, bis ich tot aus dem Wagen falle?", und Paul fuhr los. An diesem Tage jedoch schien sich alles gegen sie verschworen zu haben. Viele Straßen waren wegen Überschwemmungen gesperrt und Paul musste einen riesigen Umweg fahren. Leider verfuhr er sich derart, dass er den Wagen erst vor einem Waldstück, wo es nicht mehr weiter ging, zum Stehen brachte. Agnes schob das schwarze Gardinchen am Fenster beiseite und rief: „Seit wann befindet sich meine Bank im Wald?" Paul wollte noch etwas zu seiner Rechtfertigung einwerfen und auf die Umleitungen hinweisen, doch Agnes rief wütend: „Was sagen Sie da? Sind Sie verrückt? Wollen Sie mich etwa entführen? Öffnen Sie den Wagen! Wenn Sie nicht fähig sind, die Bank zu finden, muss ich eben laufen! Und Sie tragen meine Laptoptasche! Na, los, ich bin nicht zum Schlafen hier!" Paul sprang aus dem Wagen und öffnete die Tür. Agnes stieg stöhnend aus und Paul hielt den Schirm über sie. Augenrollend und schlecht gelaunt lief Agnes los, allerdings geradewegs in den Wald. Paul wagte nicht, etwas zu sagen, und Agnes hätte ihm vermutlich gehörig ihre Meinung gesagt. Sie liefen und liefen und schienen sich immer noch mehr zu verlaufen. Schließlich meinte Paul, dass er mal dringend müsste. Agnes fauchte ihn an, er sollte sich gefälligst beeilen. Und als Paul hinter den Bäumen verschwand, schaute sich Agnes ein wenig unsicher um. Noch nie war sie allein in einem Wald und noch niemals fühlte sie sich so schlecht wie an diesem kalten Nachmittag. Als Paul nach zehn Minuten noch immer nicht zurückkehrte, rief Agnes laut: „Paul, wo blieben Sie denn! Ich darf Sie daran erinnern, dass wir etwas vorhaben! Außerdem könnte ich Sie entlassen, wenn Sie streiken! Ich habe Ihnen schon tausendmal gesagt, dass es nicht mehr

Gehalt gibt!" Es kam jedoch keinerlei Antwort. Paul war nirgends zu sehen und die seltsame Stille, die nur vom Wind, der sich zwischen den Bäumen des Waldes verfing, unterbrochen wurde, ließen Agnes ängstlich werden. „Paul", rief sie laut, „sind Sie noch da, Paul!" Doch es kam keine Antwort. Agnes wusste nicht so genau, was sie tun sollte. Sollte sie in die entgegengesetzte Richtung laufen, um zum Wagen zurück zu kommen? Aber wo war die entgegengesetzte Richtung? Sie wusste ja nicht einmal, wo sie war, geschweige, wo sie hergekommen war. Sie verzog ihr Gesicht und lief los. Das Gebüsch wurde immer dichter und der Regen immer stärker. Es gab keinen Weg und Agnes musste sich durchs Unterholz kämpfen. Irgendwann war sie derart aus der Puste gekommen, dass sie sich auf einen Baumstumpf setzte, um zu verschnaufen. Das seltsame Knacken, welches aus allen Richtungen an ihre Ohren drang, war kaum noch auszuhalten. Als sie das Gebüsch vor sich ein wenig auseinanderdrückte, sah sie zwischen den hohen Bäumen des Waldes einen rätselhaften Turm. Er sah so merkwürdig aus, dass sie neugierig wurde. Doch sie fürchtete sich auch. Sollte sie dorthin gehen? Es half nichts, sie musste es wagen, denn sie fror und es wurde immer dunkler. Es brachte gar nichts, wenn sie in der Dunkelheit nach dem Wagen suchte. Außerdem würde sie an diesem Abend ganz sicher nicht mehr in die Bank kommen. Ein wenig nervös zog sie ihr Handy aus der Manteltasche. Und natürlich hat-

18

te sie kein Netz. Ärgerlich schob sie das Handy in die Manteltasche zurück. Als sie sich von dem kalten Baumstumpf erhob, spürte sie, wie ihr sämtliche Knochen und Gelenke schmerzten. Ihre Kleider hatten die Grenze ihrer Schutzfunktion, die Nässe abzuhalten, längst überschritten. Andauernd musste sie niesen und sie fühlte sich so richtig schlecht. Mühsam war der Weg durchs sperrige Unterholz. Doch plötzlich lichtete sich das Gebüsch und sie stand vor dem sonderbaren Turm. Er war ebenso hoch wie die umstehenden Tannen und besaß eine Kanzel ganz oben. Agnes ging zu der schmalen rostigen Metalltür. Sie ließ sich mühelos öffnen und im Inneren des winzigen Treppenhauses, führte eine rostige Wendeltreppe nach oben. „Auch das noch! Auch noch Treppensteigen! Die hatten wohl mal wieder kein Geld für einen Lift oder so was!", rief Agnes laut und stieg die knackenden Stufen nach oben. Da sie kaum noch etwas erkennen konnte, holte sie ihre kleine Taschenlampe aus ihrer Aktentasche. Der Wind hatte sich unterdessen in einen heftigen Sturm verwandelt und erzeugte im Inneren des Turmes ein merkwürdiges Geräusch. Es pfiff und dröhnte und Agnes schaute sich ständig um, denn sie hatte das Gefühl, verfolgt zu werden. Vielleicht hätte sie die Tür nach einem Riegel untersuchen sollen? Als sie endlich oben war, staunte sie. Denn sie stand in einem kleinen Raum mit großen Fenstern, in dem kleine alte Holzstühle an einem winzigen Tisch standen. Darauf thronte ein uralter schmiedeeiserner

Kerzenleuchter. Agnes holte ihr Feuerzeug aus der Tasche und zündete die Kerzen an. Welch ein gemütliches Licht die Kerzen erzeugten – Agnes war beeindruckt. Sogar einen Schrank gab es dort. Sie öffnete ihn und staunte noch mehr. In seinem Inneren lagen einige Konserven und einige Flaschen Wein. Agnes nahm eine Flasche und las das Etikett – es war ein 74er Bordeaux. Da sie durstig war und gegen einen Schluck Rotwein nichts einzuwenden hatte, suchte sie in ihrer Handtasche nach ihrem kleinen Besteck, welches sie für alle Fälle stets bei sich trug. Sie fand es und öffnete die Weinflasche. Im Schrank entdeckte sie mehrere Gläser. Sie nahm eines aus dem Schrank und füllte es mit dem köstlichen Nass. Als sie das Glas geleert hatte, vernahm sie plötzlich ein Geräusch. Sie schaute aus dem Fenster, doch es war bereits so dunkel, dass sie nichts erkennen konnte. Außerdem schien draußen ein entsetzlicher Orkan zu toben. Es pfiff und dröhnte, dass sie Angst hatte, der schmale Turm könnte diesen Naturgewalten nicht standhalten. Als das Geräusch immer deutlicher zu hören war, wollte Agnes die Kerzen ausblasen, um nicht entdeckt zu werden. Doch da vernahm sie eine Stimme: „Hallo, ist da jemand? Hallo!" Es war eine Frauenstimme und Agnes war erleichtert. „Ja, hier oben! Kommen Sie ruhig rauf- hier gibt's sogar Wein", rief Agnes zurück. Stöhnend erschien der Kopf einer Frau, die wohl im gleichen Alter wie Agnes sein musste, hinter dem rostigen Treppengeländer. „Kommen Sie ruhig rein", rief Agnes ungerührt, „ich habe schon eine Flasche Wein aufgemacht!" Die fremde Frau wischte sich das Regenwasser aus dem Gesicht und stand erschöpft im Raum. Agnes schaute sie verständnislos an und rief dann: „Na worauf warten Sie noch? Kommen Sie und machen Sie es sich bequem! Ich schenke Ihnen mal ein Glas ein!" Die fremde Frau rang sich ein unsicheres Lächeln ab und sagte dann: „Da ist ja nett, übrigens, mein Name ist Senta, Senta Krause. Ich habe mich verlaufen, wollte Pilze suchen, bin ja eigentlich nur zur Kur in der Gegend. Aber wo ich jetzt bin, keine Ahnung!" Agnes schaute die verlegen wirkende Dame an und kicherte. Sie hatte wohl schon ein wenig zu viel getrunken und zog sich ihren langen schwarzen Mantel aus. Dann zupfte sie sich ihre aufwendige Haarfrisur zurecht und widmete sich wieder ihrer Flasche. Senta nahm das volle Glas und trank ebenfalls – bis das Glas leer war. Dann lehnte sie sich zurück und sagte: „Ach ja, hier ist ja so richtig gemütlich. Doch dieser Turm ist wirklich merkwürdig, dass hier mitten im Wald so ein Turm steht, find ich ja witzig!" Agnes verzog mal wieder ihr Gesicht und wusste nicht so recht, was sie dazu sagen sollte. Aber schweigen wollte sie auch nicht. Sie verspürte plötzlich Lust und Laune, sich mit dieser fremden Frau zu unterhalten. Außerdem war sie sich sicher, dass sie diese vermeintliche Senta sowieso nie wiedersehen würde, wenn sie sich nach dem Unwetter wieder trennten. Und sie erzählte Senta von ihrem Le-

ben, von ihrer Bank und von ihrem unzuverläs-
sigem Diener Paul.

Senta staunte, dass Agnes so eine einflussreiche
und reiche Frau war. Sie hatte ein etwas anderes
Leben. Und sie spürte ebenfalls ein seltsames
Gefühl in sich, endlich einmal darüber zu sprechen. Sie erzählte von ihrem untreuen Ehemann,
der weit entfernt in der großen Stadt lebte und
auf den Hund aufpassen musste. Allerdings war
das vermutlich auch schon zu viel von ihm ver-
langt, denn er konnte sie ja nicht einmal vor den
neidischen Angriffen der Nachbarn schützen, die
sie ständig beschimpften, weil sie sich mal etwas
Neues gekauft hatte. Schon lange hatte sie vor,
die Wohnung auf Nimmerwiedersehen zu verlassen. Sie hatte endgültig genug von dieser pie-
figen Spießigkeit dieses kleinkarierten Wohnge-
biets. Und nun, wo sie zur Kur war, hatte sie sich
beim Pilze suchen verlaufen. Die beiden Frauen
schauten sich schweigend an. Sie wussten wohl
nicht so genau, was sie voneinander halten sollten. Und sie wussten auch nicht, ob sie lachen
oder weinen sollten. Sie fanden sich nicht lang-
weilig und fühlten sich irgendwie mit einander
verbunden. Als Agnes plötzlich anfing laut zu
lachen, konnten sich die beiden einfach nicht
mehr beruhigen. Sie schütteten sich regelrecht
aus vor Lachen und sie vergaßen ihre so unterschiedlichen Lebenswege und den Sturm, der
bedrohlich um diesen mysteriösen Turm tobte.
Als sie ein Geräusch vernahmen, welches so gar
nicht zu dem Sturmgeheul zu passen schien,

wurden sie abrupt mucksmäuschenstill. Wer konnte das nur sein? Ein neuer Gast? Es war ein alter Mann, der da die Treppe hoch gestiegen kam. „Ich sehe, die Damen haben sich bereits eingerichtet", sagte der Alte. Die beiden Frauen wunderten sich über den alten Mann, denn der sah recht merkwürdig aus. Er trug einen grauen Umhang, der irgendwie einem Mantel ähnlich zu sein schien, und seine Haare waren nass und strähnig. Offensichtlich schien der Alte in dem Turm zu leben. Der Alte griff zielsicher nach einer neuen Weinflasche und legte ein frisches Brot auf den Tisch. Er goss sich ein Glas mit dem köstlichen Rotwein ein und trank es in einem Zug aus. Und er schien eine Menge zu vertragen, denn auch nachdem er die halbe Flasche geleert hatte, merkte man ihm nicht an, dass er so viel getrunken hatte. Er setzte sich auf einen Stuhl und zündete sich ein Pfeifchen an. Agnes schien das ganz und gar nicht zu gefallen. Sie fuchtelte wild mit ihren Händen in der Luft herum und rief: „Sehen Sie nicht, dass sich Damen in ihrem heruntergekommenen Loft aufhalten? Nun hörten Sie schon auf zu paffen, Sie unverschämter Kerl!" Der Alte nahm die Pfeife aus dem Mund und blies Agnes eine ordentliche würzige Tabakwolke um die Nase und legte die Pfeife dann auf den Rand eines herumstehenden Tellers. „Recht so Lady", sagte er dann frech. Agnes wollte gerade eine neuerliche Beleidigung loswerden, da fiel ihr der Alte ins Wort: „Ach übrigens, ich bin John! Ich lebe hier in diesem Turm."

23

Die beiden Damen stellten sich ebenfalls vor und plötzlich schien das Eis gebrochen zu sein. Alle erzählten sich von ihrem Leben. John meinte, er sei in diesem Wald als Jäger unterwegs. Doch in seinem früheren Leben besaß er angeblich mal eine Baufirma. Die ging ein und weil er kein Geld mehr hatte, entdeckte er diesen Turm. Er meinte, dass er nicht wüsste, wer diesen Turm einst erbauen ließ. Doch sein spitzbübisches Grinsen ließ vermuten, dass er es wohl nur nicht sagen wollte. Vermutlich hatte er selbst dieses sonderbare Bauwerk errichtet. Als Senta von ihrem Ehemann erzählte und plötzlich in Tränen ausbrach, wurde John sehr ernst. Dann sagte er leise: „Manchmal glauben wir, alles habe sich gegen uns verschworen. Doch das ist gar nicht so. Wir haben nur verlernt, zu kämpfen, weil wir uns irgendwann mit den Dingen abgefunden haben. Wir sind jedoch Lebewesen, die kämpfen müssen. Wir können nicht stillstehen. Und deswegen solltest auch Du weiterkämpfen. Und vor allem, lebe endlich Dein eigenes Leben und nicht das Deines Mannes. Es ist ganz einfach und Ihr müsst Euch auch gar nicht trennen. Aber Du musst Dich viel mehr auf Dein Leben konzentrieren. Dein Mann wird schnell merken, dass er allein dasteht. Doch bedenke, dass Du nicht dafür da bist, seine Wunden zu lecken." Senta schaute den Alten an und wischte sich die Tränen aus dem Gesicht. Wie hatte er das nur gemeint? Sie konnte doch nicht so einfach, oder doch? Sollte sie es nicht wenigstens mal versuchen? Dann würde sie ja sehen, ob sie sich gut dabei fühlte. Für Agnes war das einfach zu viel Gefühlsduselei und sie rief: „Papperlapapp! Was soll denn dieser Blödsinn!

Du solltest lieber anfangen, Geld zu machen, anstatt Deinen langweiligen Ehemann zu bekehren! Was zählt sind die Ziffern vor dem Komma, dann findest Du auch den richtigen Kerl!"

Senta starrte entsetzt zu Agnes, doch der Alte nahm wieder seine Pfeife vom Tellerrand und paffte schweigend seinen würzigen Tabak. Dann blies er Agnes den Rauch um den Kopf, dass die sich genervt die Augen rieb und sagte dann gelangweilt: „Sie haben wohl noch nie einen Mann gehabt, was?" Agnes war wie erstarrt! Was erdreistete sich dieser alte Mann da? Was wusste der schon von ihrem Leben und von ihrem stetigen Run nach dem Geld? Der war doch arm wie eine Kirchenmaus. Und sie hustete einige Male, bevor sie schließlich zum Gegenschlag ausholte: „Ich war dreimal verheiratet, Sie Armleuchter! Glauben Sie mir, ich kenne die Männer. Viel zu genau, leider! Betrogen wurde ich und jetzt reichts!" John kicherte in sich hinein und Agnes wusste nicht, wie sie das deuten sollte. Dann sagte er, während er seinen Kopf hin und her wiegte: „Ach Mädel, Du bist schon eine, Du solltest nicht andauernd nur dem Geld hinterherrennen. Das hat doch keine Seele. Es hat kein Herz und keinen Verstand. Es ist nur Geld, schnödes eiskaltes und nicht fühlendes Geld. Mehr nicht. Und wenn Du keines mehr hast, kommts auf Dich an. Und? Wie siehts da aus? Hast Du sonst noch was, außer Deinen Kontostand auf die Waage zu legen?" Agnes war sprachlos und Senta schaute den Alten interessiert an. Wie hatte er das gemeint – was sollte Agnes auf die Waage legen? Sie ahnte es, doch sie stellte sich noch immer ein wenig bockig. „Wie meinen Sie das John? Natürlich habe ich was auf die Waage zu legen, Dreizehn Millionen, reicht das nicht?" John verzog keine Miene. Er zog nur an seiner Pfeife und starrte in die Dunkelheit hinaus. Ihn schien Agnes Gerede wohl nicht zu berühren. Oder kannte er es nur zu genau? Wusste er, wie sich Menschen verhalten, wenn sie reich waren? Für Agnes war John wohl der erste Mensch, der sich von dem vielen Geld nicht beeindrucken ließ. Er wollte es auch nicht. Er hatte schlichtweg keine Lust dazu. Er zog an seiner Pfeife und genoss den Tabakrauch, durch den er schon lange nichts mehr erkennen konnte. Doch dann sagte er leise: „Für Dich mögen diese Dreizehn Millionen schon sehr viel sein, für mich jedoch ist es nur Geld, mehr nicht. Ich bin gesund, noch, und fühle mich wohl, wenn ich an meiner Pfeife ziehe und in meinem alten Turm sitze, um auf die Wipfel der Bäume dieses riesigen Waldes zu schauen. Das vermittelt mir ein ganz eigenes Gefühl. Hier oben fühle ich mich wie ein König. Und ich bin zufrieden. Ja, ich brauche nicht mehr als das. Und ich habe meine vielen Erinnerungen. Es wäre so schön, wenn mich der Herrgott zu sich holt, während ich ei-

26

nen Zug aus meiner Pfeife tu und an die Menschen denke." Agnes erschrak und fragte schnell: „Wieso? Geht's Ihnen nicht gut, John? Kann ich helfen?" John lachte in sich hinein. „Siehst Du Mädel", sagte er dann, „nun weißt Du ja doch, was wichtig ist. Nein, mir geht's wunderbar. Hab mich selten besser gefühlt. Draußen ist schlechtes Wetter und ich habe ein Dach überm Kopf. Was soll ich mehr wollen. Es ist gut so, wie es ist! Schön, dass Du weißt, was wichtig ist, das Leben, die Gesundheit." Agnes ertappte sich dabei, eine Träne in ihrem linken Auge zu verspüren. Schnell wischte sie sich den Tropfen aus den Augen und lächelte verlegen. Sie spürte plötzlich etwas Merkwürdiges in ihrer Brust – bekam sie nun einen Herzanfall? Nein, es war viel tiefer, es war ganz tief drin. Es war ein Stich und sie fühlte, ja, sie konnte etwas fühlen! Das, was sie seit vielen Jahren erfolgreich verdrängt hatte, kehrte nun zurück, ihr Gefühl. Sie schaute zu Senta, die diesem Gespräch schweigend und interessiert gelauscht hatte. Ja, was zählte, war man selbst und das Gefühl, das Leben. Jede der beiden Frauen hatte das auf ihre Weise erfahren und erkannt. Und der Alte saß auf seinem Stuhl am Fenster und rauchte seine Pfeife. Als die nächste Flasche Wein geleert war, wurden die Frauen müde. Der Alte zeigte ihnen eine kleine Nische, die ihnen zunächst gar nicht aufgefallen war. Dort standen zwei schmale Betten. Sie waren sogar schon gemacht und der Alte wünschte den beiden Frauen nur noch eine gute Nacht. Die

27

beiden schliefen schnell ein und der Alte setzte sich wieder ans Fenster und schaute auf die Regentropfen, die vom Sturm gegen die Scheiben gepeitscht wurden. Am nächsten Morgen wurde Agnes als erste wach. Es klapperte und sie wusste nicht, was das sein konnte.

Sie stieg aus ihrem Bett und entdeckte, dass eines der Fenster defekt war. Es wurde vom Wind hin und her bewegt und erzeugte dabei dieses Geräusch. Draußen schien die Sonne, doch der Alte von gestern Abend war nirgends zu sehen. Auch seine Pfeife, an der er so genüsslich gezogen hatte, war seltsamerweise nicht da. Nicht einmal der Teller, worauf der Alte die Asche geklopft hatte, stand noch auf dem Tisch. Senta wurde nun ebenfalls wach und die beiden Frauen rüsteten sich zum Aufbruch. Sie freuten sich, einander kennengelernt zu haben und erinnerten sich noch während sie die Stufen hinabstiegen, an den vergangenen stürmischen Abend. Nur den netten alten Mann vermissten sie sehr. Lange mussten sie durch den Wald laufen, doch irgendwann hatten sie den Waldrand erreicht. Und Agnes staunte nicht schlecht, als sie schon von Weitem ihre schwarze Stretch-Limousine sah. Als sie gegen die Scheiben klopfte, sprang sofort ihr Diener Paul aus dem Wagen. Der musste wohl die ganze Nacht im Wagen verbracht haben, nachdem er seine Herrin vergeblich im Wald gesucht hatte. Er berichtete ihr, dass er sich nach seiner erfolglosen Suche in den Wagen zurückgezogen hatte und dort auf sie wartete. Senta wurde bereits von ihrer Kureinrichtung vermisst. Einer der Angestellten war ihr nachgelaufen und irgendwie schien ihr das gar nicht unrecht zu sein. Denn diesen jungen Mann fand sie sehr nett. Er war so verständnisvoll, dass sie sich mit ihm in ein Café setzte, um ihr von ihren Erlebnissen zu erzählen. Sie kamen sich einander näher und sie spürte die Spannung in ihrem Herzen. Ja, das war wohl der Beginn eines neuen aufregenden Lebens. Sie heirateten und wurden ein Paar und Senta lebte endlich wieder auf. Auch Agnes schien sich irgendwie zu verändern. Sie verkaufte ihr Bankhaus und lebte mit ihrem ehemaligen Diener Paul in Los Angeles. Sie führte ein sehr einfaches, gutes Leben, ohne die ständige Hatz nach dem großen Geld. Sie spendete einen Teil ihres Vermögens an eine gemeinnützige Einrichtung. Irgendwann wollte sie noch einmal in diesen Wald. Sie wollte diesen Turm suchen, in welchem sie die unglaublichen Erlebnisse hatte. Zusammen mit ihrem Mann fuhr sie zu dem geheimnisvollen Waldgebiet. Die beiden durchstöberten nahezu das gesamte Areal, doch den Turm fanden sie nicht mehr. Dafür begegneten sie einem Förster, welcher an ihnen vorüber lief. Agnes fragte nach dem alten Mann und dem Turm, den sie einst im Wald entdeckt hatte. Der schaute sie plötzlich sehr ernst an und sagte mit düsterer Stimme: „Den alten Turm gibt's schon lange nicht mehr. Der alte John Miller, der ihn einst erbaut hatte, ist vor ungefähr dreißig Jahren bei einem Waldbrand umgekommen. Auch der

Turm brannte bis auf die Grundmauern ab." Agnes konnte nicht glauben, was sie da hörte. Doch als die beiden den Wald wieder verlassen wollten, blieb Agnes plötzlich stehen. Sie schaute sich nach allen Seiten um und blickte schließlich nachdenklich in den Himmel. Denn sie spürte etwas, dass ihr sehr bekannt vorkam, den sonderbaren Geruch von würzigem Pfeifentabak.

Auf der Brücke

Ron war ein erfolgloser Autor und lebte in einer spießigen Kleinstadt, in welcher sich die Leute schon ihre Mäuler zerrissen, wenn jemand nur mal falsch atmete. Es war kein einfaches Leben und Ron musste sich sein Geld hart erarbeiten. Denn seine Bücher wollte kein Verlag und so schuftete er tagein und tagaus in einem Baubetrieb als Hilfsarbeiter. Wenn er dann abends todmüde nach Hause kam, hatte er wenig Lust, etwas Spannendes aufzuschreiben. Er aß nur eine Schnitte und ging schließlich erschöpft ins Bett. So sollte es wohl nun bis an sein Lebensende weitergehen. Doch er wollte das nicht und er hatte schließlich die vermeintliche Sehnsucht, endlich aus seinem Gefängnis, welches nur aus diesem stupiden Einerlei bestand, auszubrechen. Allerdings wusste er genau, dass ihm einfach das Geld für eine Flucht, eine weite Reise ins Nirgendwo fehlte. Wie er es auch drehte, er kam immer wieder nur zu seinem langweiligen täglichen Einerlei zurück. So langsam verließ ihn der Mut und er sann über sein vorzeitiges Ableben nach. Was konnte ihm diese Kleinstadt, dieses üble Nest am Rande aller Träume schon noch bieten? Mehr als Frust und Aggressivität blieben da nicht übrig. Und so nahm er eines Morgens das Konzept für sein neues Buch, welches auch schon wieder abgelehnt wurde und verließ zu allem entschlossen seine Wohnung. Er setzte sich in sein uraltes Auto und hoffte, es würde ihn wenigstens noch bis zur nächsten Brücke karren. Es ruckelte bedenklich und Ron fiel ein, dass er nicht einmal mehr das Geld für die nächste Tankfüllung besaß. Und wie es der böse Zufall wollte, schaffte es die Rostlaube gerade noch aus der Stadt bis hin zu einer hohen Brücke. Genau in der Mitte der Brücke blieb der Wagen stehen und Ron lehnte sich genervt zurück. Er öffnete die Autotür und atmete die feuchte klare Luft in seine pfeifende Lunge. Er spürte, wie schwer ihm das Atmen fiel. Die letzten Jahre, diese schlimme Zeit, alles lag wie ein Stein auf seiner Brust. Was wäre, wenn er jetzt einfach aufhörte zu atmen? Wenn er einfach nicht mehr weiterlebte? Aber hatte er nicht genau das vor? Warum war er auf dieser Brücke? Doch nicht, um sich die Landschaft dort unten anzuschauen! Vielmehr sollte da unten am Grund des Tales sein Grab sein. Er stieg aus und stellte sich an das rostige Geländer. Und immer wieder schaute er nach oben zum Himmel. Vielleicht gab es ja doch noch ein Zeichen? Und obwohl er eigentlich gar nicht an Gott glaubte, faltete er seine Hände und schickte ein kleines Gebet dort hinauf. Vielleicht würde ja auch er mal gehört? Aber wer sollte ihn schon hören, wenn ihn all die vergangenen Jahre keiner mehr bemerkt hatte? Es war so schwierig, dieses Leben zu leben. Warum nur musste alles so enden? Warum half keiner, als es ihm so dreckig ging? Und dann diese verfluchte Stadt, diese eiskalten Leute, denen ein Menschenleben gar nichts bedeute-

32

te. Sie waren schuld an seiner Erfolglosigkeit. Sie kannten nur ihr beschissenes und tristes Spießerleben, sonst nichts. Er hasste alles um ihn herum! Und dann schaute er nach unten in dieses tiefe Tal unter der Brücke. Ein kleiner Bach schlängelte sich durch die saftigen Wiesen. Wo er wohl hinführte? Neben dem Bach wand sich eine Eisenbahnschiene durchs Gelände. Ob überhaupt je ein Zug darüberfuhr? Eigentlich hätte er sich ja viel lieber auf ein solches Gleis gelegt. Denn der lange Flug von der Brücke, bis man unten aufschlug, hatte man da nicht noch Zeit zum Nachdenken? Und was, wenn man dann bemerkte, dass man doch noch leben wollte? Auf dem Gleis konnte man wenigstens noch schnell zurückspringen, wenn man es sich anders überlegte. Einfach den Kopf zurückziehen! Aber hatte er das nicht immer so gemacht, den Kopf zurückgezogen? Hatte er nicht viel zu oft gekuscht, sich vor Angst zurückgezogen? Hätte er es nicht einfach mal drauf ankommen lassen, einfach mal laut schreien sollen, ohne nach den anderen zu schauen? Einfach mal in zerrissenen Jeans in die Oper gehen, auch wenn es sich nicht schickte? Und einen Ohrring ins Ohrläppchen gesteckt, weil man das so liebte, es einfach mal tun? Warum hatte er immer nur auf die fremden Leute, die ihn ohnehin nie verstanden, geschaut? Die waren doch nicht maßgebend für ihn! Verdammt, warum hatte er sich so schnell ins Bockshorn jagen lassen, als die Manuskripte wieder zurückkamen? Hätte er nicht was Neues

33

schreiben sollen? Etwas, das die Leute wollten? Er stand am Geländer und stöhnte laut. Doch es hörte niemand. Es verklang einfach so in der Tiefe des Tales. Und das Tal da unten wartete schon auf seinen Leib. Und dann? Ein Kadaver mehr auf dieser Welt, wen interessierte das schon? Noch einmal ging er zurück zum Wagen und holte sein Manuskript. Dann lehnte er sich wieder ans Geländer und las es noch ein letztes Mal durch. Warum es keiner wollte, es war doch gut! Aber es hatte keinen Sinn. Das Manuskript wollte eben keiner. Und er knüllte es zusammen und warf es hinunter. Lange flog es durch die Luft und wusste wohl nicht so genau, wo es landen sollte. Irgendwann verlor Ron es aus den Augen und ihm kamen die Tränen. Wie ein Kind weinte er und rutschte kraftlos in sich zusammen. Ja, er fühlte sich unglaublich schwach. Kein Wunder, das er nichts Brauchbares mehr leisten konnte, er war einfach zu schwach. Ein Schwächling! Eben jemand, der an einem wackeligen Brückengeländer irgendwo dort draußen stand und keinen anderen Weg mehr wusste, als verzweifelt da hinunter zu springen. Und dann? Gäbe es dann nicht einen Schwächling weniger auf dieser Welt? Und als er so nachdachte, bemerkte er nicht, wie sich ihm eine junge Frau näherte. Immer wieder blieb sie stehen und wusste wohl nicht so recht, ob sie ihn ansprechen sollte oder nicht. Ron kniete am Brückengeländer und sah wirklich bemitleidenswert aus. Die junge Frau trat mutig an ihn heran und fragte ihn, ob sie

34

ihm irgendwie helfen könnte. Doch Ron wischte sich schnell die Tränen aus dem Gesicht, schüttelte nur mit dem Kopf und wollte sich schnell in seinen Wagen flüchten. Doch da sah er, dass die junge Frau etwas in ihren Händen hielt, dass ihm sehr bekannt vorkam, sein Manuskript. Es musste wohl unten auf der Wiese gelandet und in die Hände dieser jungen Frau gelangt sein. Er schaute sie mit großen Augen an und vergaß vor Erstaunen, seinen Mund zu schließen. Die junge Frau lächelte verlegen und hielt ihm das zerknitterte Manuskript unter die Nase. Dann sagte sie mit leiser Stimme: „Gehört das Ihnen?" Ron wusste nicht, was er nun sagen sollte. Er könnte jetzt einfach losfahren und irgendwo anders seinen teuflischen Plan in die Tat umsetzen. Er könnte aber auch einfach nur „Ja" sagen und abwarten, was die junge Frau noch von ihm wollte. Noch zögerte er. Doch dann stieg er wieder aus dem Wagen und sagte: „Ja." Die junge Frau gab ihm das Manuskript jedoch nicht einfach zurück. Recht keck sagte sie: „Ich habe es unten auf der Wiese gefunden. Es muss Ihnen wohl aus der Hand gefallen sein. Ich habe mal kurz drin gelesen und es ist gut! Ja, wirklich, es ist echt toll!" Ron glaubte, seinen Ohren nicht zu trauen. Hatte diese kleine, wirklich gutaussehende Frau tatsächlich sein Manuskript gelobt? Oder wollte sie ihn nur verhöhnen? Aber warum sollte sie das tun? Sie hatte ja nichts davon, brauchte das Manuskript ja nur wegzuwerfen und gar nicht mit ihm sprechen. Nein, sie musste es ehrlich gemeint haben. Und dann, als Ron noch immer schwieg, sagte sie schnell: „Ach so, ich vergaß mich vorzustellen. Mein Name ist Jane Cardiff, Verlegerin. Ich würde das Manuskript mal mitnehmen und vielleicht ein Buch draus machen, was halten Sie davon?" Sie lehnte sich ans Geländer neben Ron und schaute in die warme Sonne hinauf. Dann warf einen verwegenen Seitenblick auf Ron und nickte ihm noch einmal zu. Ron konnte es nicht fassen. Eben noch hatte er den Tod in seinen Augen und nun kam plötzlich diese junge Frau wie ein Engel aus den Wolken und bot ihm so etwas Fantastisches an. Das konnte doch nur ein Traum sein. Er zwickte sich in den Arm und schrie laut: „Au!" Die junge Frau erschrak. „Oh mein Gott", rief sie aufgeregt, „ist Ihnen schlecht? Soll ich Sie zum Arzt bringen?" Doch Ron beruhigte sie und meinte, dass es ihm gut ginge und nichts passiert sei. Erleichtert lehnte sich die Frau wieder ans Geländer und erkundigte sich bei Ron, ob sie beide wirklich noch länger an diesem langweiligen Brückengeländer herumstehen wollten. Und Ron musste lächeln. Plötzlich fand er sich so grenzenlos dämlich, dass er ganz verlegen in die Luft starrte. Schließlich stellte er sich vor: „Ähm, entschuldigen Sie, mein Name ist Ron. Soll ich Sie mit meinem Wagen mitnehmen?" Die junge Frau nickte und sie stiegen in Rons Fahrzeug. Leider sprang der alte Klapperkasten nicht mehr an. Ron grinste, ihm war diese ganze Situation wohl mehr als peinlich. Doch dann sprang der Wagen doch noch an und die beiden fuhren in die Stadt zurück. Unterwegs boten sie sich das „Du" an und Ron hatte ein ganz merkwürdiges Gefühl in seinem Magen. War es Übelkeit oder Schwindel? Irgendwie schien alles zusammen sein Wohlbefinden zu stören. Doch als er in Janes Augen blickte, hatte er sogar Schwierigkeiten, das Lenkrad zu bedienen und beinahe wären sie in einem Hühnerstall gelandet. Jane jedoch fand das alles sehr lustig und amüsant. Die beiden fuhren zunächst zu Ron, der all seine Manuskripte zusammensuchen sollte. Und dann düsten sie mit Janes rasantem Schlitten nach L.A. zu ihrem Verlag. Der Roman wurde schließlich verlegt und wurde schon nach kurzer Zeit ein Bestseller. Ron verdiente viel Geld damit und schrieb ein Buch nach dem anderen. Und noch etwas Wunderbares geschah: Er heiratete Jane, die ihm auf jener Brücke, am Rande aller Träume sein Leben zurückgebracht hatte. Doch war es wirklich Jane, die ihn errettete? War es nicht vielmehr er selbst, sein Wille und sein Mut, doch weiterzukämpfen, was ihn schließlich auf die Straße des Ruhmes brachte? Niemand wollte das noch wissen! Es war gut, so wie es war. Und es war ja auch etwas Schönes, dass sich Ron für etwas entschieden hatte, dass ihm beinahe abhandengekommen wäre, für das Leben, für *sein* Leben!

Der Engel im Schnee

Jack war ein erfolgloser Autor. Sein erstes Buch, welches er erst vor wenigen Monaten fertig gestellt hatte, war zwar in den Buchläden, doch es wollte niemand kaufen. Bestürzt und vollkommen niedergeschlagen zog sich Jack zurück. Er verschloss seine Tür und zog den Telefonstecker aus der Dose. Ab sofort wollte er mit keinem Menschen mehr Kontakt. Nur die nötigsten Dinge und Wege erledigte er noch. Ansonsten bekam ihn keiner mehr zu Gesicht. Mehr und mehr zog die Traurigkeit in sein Leben und er ahnte bereits, dass ihn Gott wohl endgültig verlassen hatte. Er ging nun auch in keine Kirche mehr, weil er von einem Gott, der harte Arbeit und festen Willen nicht anerkannte, nichts mehr wissen wollte. Briefe schickte er an die Absender zurück und nachts träumte er nicht mehr vom großen Erfolg, sondern davon, wie er sich am besten und am wirkungsvollsten aus dem Wege räumen konnte. An einem eiskalten Dezemberabend ging er schon sehr zeitig in sein Bettchen, konnte jedoch einfach nicht einschlafen. Zu viele Gedanken gingen ihm durch den Kopf und er wusste weder ein noch aus. Der kalte Wind fegte durchs Fenster und blies dabei die Schneeflocken bis vor sein Bett. Nervös stand er wieder auf und schloss das Fenster. Dabei schaute er hinaus und plötzlich packte ihn solch eine sonderbare Sehnsucht. Es war ein Gefühl, dass er bis dahin nicht gekannt hatte. Es kam aus seinem Herzen und es schien als ob auch sein Herz vereist sei. Er wollte nur noch sterben und nichts mehr sehen und fühlen. Tränen liefen ihm übers Gesicht. Sollte tatsächlich nun alles zu Ende sein? Hing wirklich alles nur an diesem bisschen Misserfolg? Oder waren es vielleicht nicht doch all die vielen Ereignisse, die es bereits lange vor der Veröffentlichung dieses neuen Buches gab? Nie hatte er den rechten Weg für sein Leben finden können. Die wenigen Freunde, die er einst hatte und die er dann doch wieder verlor, verstanden ihn nie. Und auch sonst verlief alles genau so, wie er es niemals wollte. Sein ganzes Leben war doch nur ein riesengroßes Trauerspiel in dutzenden vergeblichen Akten. Da waren so viele wunderschöne Träume und so viele Hoffnungen, die allesamt zerplatzten wie Seifenblasen im Wind. Doch was sollte er sonst auch tun? Sich als Kellner in einer üblen Kneipe verdingen oder sich vielleicht als Taxifahrer von anderen anpöbeln lassen? Sicher konnte er auch das – er schreckte ja vor keiner Arbeit zurück. Aber er wusste es tief in seinem Inneren, dass er all das nicht wollte. Er wollte endlich einmal ankommen, endlich einmal seine Träume leben. Dabei konnte er ja nur eines: schreiben! Langsamen Schrittes trottete er durch seine winzige Wohnung. Noch ein letztes Mal schaute er sich um. Er sah die schönen Dinge, die er sich einst zugelegt hatte, nur, um ein wenig zufriedener zu sein. Doch nichts hatte ihm letztlich seine Träume retten können. Alles war verloren. Er zog sich seine Jacke über und schloss den Kragen bis zum Hals. Dann lief er hinaus auf die Straße. Mittlerweile hatte sich der leichte Schneefall in einen heftigen Sturm verwandelt. Aber das störte Jack nicht. Entschlossen kämpfte er sich gegen den Schneesturm durch die einsamen Straßen bis er zu einem Waldstück kam. Am Waldrand entdeckte er ein Liebespaar, welches sich miteinander vergnügte. Leise seufzend lief er weiter und dachte so für sich, wie es hätte werden können, wenn alles besser gelaufen wäre. Aber nun? Nun war alles vorbei. Immer tiefer gelangte er in den Wald und stand alsbald vor einem Bahndamm, der sich zwischen den Bäumen entlang schlängelte. Hier also sollte nun sein letztes Stündlein schlagen, dachte er sich. Hier würde alles zu Ende gehen. Sein ganzes sinnloses Leben, seine Verzweiflung und seine Trauer, aber auch seine Hoffnungen sollten also auf diesen beiden kalten Stahlsträngen ein jähes Ende finden! Machte das wirklich noch Sinn? Gab es überhaupt irgendwo einen Sinn? Warum musste ausgerechnet er solch ein Versager sein? Warum? Er starrte in den Himmel und konnte wegen des heftigen Schneesturmes nichts sehen. Er wusste ja nicht einmal, ob ein Zug fuhr oder nicht. Es war die Stunde „Null" in seinem Leben. Von fern vernahm er das Klappern von Waggons. Das musste der Zug sein. In wenigen Minuten würde er an dieser Stelle vorüberfahren. Bis dahin musste er sich entscheiden. Und er stieg auf den Bahndamm und legte sich quer über das Gleis. Seinen Hals presste er auf eine der Schienen und er spürte die eisige Kälte des Stahls. So viele Züge waren wohl schon über diese Schienen gerattert und wer weiß wie viele Leute haben hier vielleicht schon gelegen. Und nun war eben er an der Reihe. Ein Verlierer gab auf. Und es war ganz seltsam – in dieser Minute seines nahenden Todes konnte er nicht einmal mehr weinen. Er musste laut lachen und fand diese ganze Situation überhaupt nicht mehr so tragisch. Er sah sich von oben und er sah, wie sich der Zug langsam näherte. Gleich würde er sterben müssen. Musste er es wirklich? Das Klappern der Waggons kam immer näher und es war nur noch eine Frage von Minuten, bis die Lok des Zuges vor seinem kraftlosen Leib auftauchen würde. Er malte sich aus, wie es wohl wäre, wenn die scharfen Stahlräder der Lok über seinen wehrlosen Leib fuhren. Und eigentlich konnte er diesen entsetzlichen Gedanken nicht ertragen, doch er musste es wohl, denn er wollte ja sterben. Der Sturm war zu einem Blizzard geworden und schon so stark geworden, dass er kleinere Baumstämme und dutzende Äste durcheinanderwirbelte. Und das Klappern der Zug-Räder war dennoch deutlich zu hören. Wie war das eigentlich möglich, dieses Zuggeräusch trotz des Blizzards so deutlich zu hören? Sonderbar, aber das konnte doch eigentlich gar nicht sein. Jack lag zwischen Leben und Tod und sah, wie der Schneesturm über ihn hinwegfegte. Ab und zu traf ihn ein Ast. Doch er hielt es aus und er hielt es durch. Plötzlich sah er jemanden auf

41

sich zukommen. Irgendjemand lief über die Gleise und blieb vor ihm stehen. Der Fremde musste wohl ein Gleisgänger sein, der wegen des starken Sturmes die Gleisanlagen kontrollierte. Jack starrte den Fremden an und fand seine eigene missliche Lage mehr als albern. Eigentlich wollte er doch alles heimlich und ungesehen abwickeln. Das nun doch jemand kam, war ihm gar nicht recht. Und er setzte sich auf. Der Fremde war mit einer Bahnuniform bekleidet und erst jetzt bemerkte Jack, dass der Schneesturm ein wenig nachgelassen hatte. Der Fremde schaute schweigend zu Jack und reichte ihm seine Hand. Jack konnte gar nicht anders- er griff danach und zog sich daran hoch. Als er schließlich aufrecht stand, musterte ihn der Fremde und sagte dann: „Warum willst Du das tun?" Jack konnte gar nicht fassen, dass ihn jemand nach seinem furchtbaren Vorhaben befragte. Nie hatte sich jemand für ihn interessiert und nie wusste jemand, wie es ihm wirklich ging, was in seiner Seele vor sich ging. Er hatte plötzlich den starken Drang, dem Fremden alles zu erzählen. „Ich habe es satt", rief er laut, „mein ganzes Leben ist doch ein einziger Misthaufen, der drei Meilen gegen den Wind stinkt. Nichts gelingt mir und nichts funktioniert. Alles, was ich auch anfange, wird zu Dreck. Sogar mein neues Buch, was mich so viel Kraft und Liebe gekostet hat, ist ein Flop! Keiner will es kaufen!" Der Fremde stieg um Jack herum und stöhnte mehrmals leise vor sich hin. Dann sagte er: „Ach Junge. Du bist vielleicht ein Fantast.

Warum nur glaubst Du, dass Dir nichts gelingt? Schau nur, Du lebst und bist sogar auf Deinen eigenen funktionierenden Beinen und mit wachem Verstand bis hierhergekommen. Das ist Dir doch gelungen. Du kannst jeden Morgen den neuen Tag begrüßen. Und Du kannst tun und lassen, was Du willst. Und Du hast es sogar geschafft, einen Verlag von Deinem Können zu überzeugen. Er hat Dein Manuskript gedruckt. Warum also denkst Du, dass Dir nichts gelingt?" Jack druckste herum. Er wusste plötzlich nicht, was er antworten sollte. Der Fremde hatte ja recht. Ging es ihm wirklich so schlecht, dass er sich auf dieses Gleis legen sollte? Warum tat er das überhaupt? Der Fremde schaute ihm mitten ins Gesicht und sagte dann: „Wir denken oft, dass wir nicht gebraucht werden. Und dann werden wir ungerecht und schimpfen auf Gott und die Welt. Dabei sind wir doch am Leben und können den Tag und auch die Sonne sehen. Warum denn immer nur Beachtung und warum immer nur Erfolg und immer noch mehr Geld und Geltung? Warum? Sag es mir Jack, warum? Du bist nicht unglücklich, sei ehrlich. Du bist nur traurig, weil Du noch keine großen Geldsummen für Dein Buch erhalten hast. Aber ist denn Geld die einzige Wertschätzung für Deine Arbeit? Ist da nicht noch viel mehr? Bist Du es nicht selbst, der sich hart durchgekämpft hat durch sein Leben? Du hast doch so viel erreicht. Und nun liegst Du auf diesem eiskalten Gleis und holst Dir am Ende noch eine Lungenentzündung. Geht man so leichtfertig mit seiner Gesundheit um? Was denkst Du?"

Jack schaute weg, er schämte sich, denn der Fremde sprach genau das aus, was er doch längst selbst wusste. Er musste doch wahrlich nichts tun, um endlich anerkannt zu werden. Wozu? Er hatte doch etwas geschafft, er hatte sein erstes Buch in die Läden und unter die Menschen gebracht. War das nicht ein riesengroßer Schritt? Er nickte verlegen und hatte Tränen in den Augen. Der Fremde nahm Jack an die Hand und führte ihn langsam aber entschlossen vom Bahndamm in den Wald. Und Jack ließ es geschehen. Ja, er stand plötzlich gar nicht mehr auf den Gleisen und wartete auf seinen Tod. Er stand mit einem Fremden, den er nicht kannte und der ihm doch irgendwie vertraut schien in einem verschneiten Wald und fror nicht einmal. Nein, es war ihm angenehm warm und es tobte auch kein Blizzard mehr. Was geschah da nur mit ihm? Der Fremde lächelte und sagte dann: „Siehst Du. Das Gleis ist nicht Dein wirklicher Wunsch. Du willst leben und Du hast so viel Hoffnung in Dir. Zerstöre sie nicht und sei nicht mehr traurig. Und fürchte Dich nicht, denn es ist immer jemand da, der auf Dich achtgibt. Es ist immer jemand bei Dir, glaube mir." Jack hatte noch gar nicht so viel von sich erzählt, doch es schien ihm, als hätte er dem Fremden sein ganzes Leben geschildert. Ihm war, als wüsste der Fremde alles von ihm. Aber es störte ihn nicht. Im Gegenteil, er fühlte sich so leicht und so wunderbar wach wie schon seit

Jahren nicht mehr. Es war, als hätte ihm der Fremde die Seele gereinigt. Und er wollte sich bei dem Fremden bedanken. Doch der legte nur seinen Zeigefinger auf Jacks Mund und flüsterte: „Sag nichts. Komm, wir gehen jetzt nach Hause." Und er nahm Jack wieder an die Hand und führte ihn durch den tiefen Schnee aus dem Wald. Sie liefen bis sie zu einer kleinen Kapelle kamen. Sie stand einsam am Waldesrand und Jack konnte sich nicht erinnern, dieses Gebäude schon einmal bemerkt zu haben. Die beiden gingen hinein und Jack blieb vor Staunen der Mund offenstehen. Tausende von Kerzen leuchteten da am Altar und der Fremde lief bis dorthin und kniete schließlich nieder. Er bat Jack, zu ihm zu kommen und ebenfalls nieder zu knien. Und Jack wollte es auch, er spürte diese unglaubliche Wärme in seinem Herzen und er war zu Tränen gerührt. Er kniete neben dem Fremden und die beiden sprachen ein Gebet. Da wusste es Jack plötzlich, dass er sein Leben niemals wegwerfen durfte. Er war doch einmalig auf dieser weiten Welt und er musste weiterschreiben. Ja, das war seine Bestimmung. Und als er seine Augen schloss, sah er sein Leben vor sich ablaufen. Doch es war nicht das Leben, welches ihm ständig in seinen Alpträumen begegnete. Nein, es war ein wundervolles glaubensreiches Leben, in welchem er plötzlich als Mensch geachtet und gebraucht wurde. Man hörte auf sein Wort und seine Kinderbücher wurden Bestseller. Er schrieb sich die Seele aus dem Leibe und wurde sehr

45

berühmt. Aber das wollte er gar nicht mehr, denn es reichte ihm schon, den Menschen etwas gegeben zu haben. Was für ein großmütiges Gefühl, den Menschen etwas von sich zu geben. Es war ein wahres faszinierendes Wunder. Und als er seine Augen wieder aufschlug, war der Fremde nicht mehr da. Jack schaute sich um, doch der Fremde war nirgends mehr zu sehen. Nur die Kerzen brannten noch und verbreiteten diesen wundersamen Schein in der kleinen Kapelle. Jack erhob sich und verließ die Kapelle. Als er endlich wieder daheim war, setzte er sich auf sein Sofa und dachte nach. Diese unfassbaren Erlebnisse der letzten Stunden gingen ihm einfach nicht mehr aus dem Sinn. Wer war der Fremde nur, der ihm in der Not das Leben gerettet hatte? Aber war es nicht vollkommen egal, wer dieser Fremde war? Es war doch nur wichtig, am Leben zu sein und Gott wieder lieben zu können. Und er setzte sich an seinen Laptop und begann, ein Kinderbuch zu schreiben. Plötzlich spürte er es wieder in sich, die Liebe zu seinen Geschichten. Diese Liebe war zurückgekommen. Er war wieder ganz der Alte. Und wie früher flossen ihm die Worte nur so aufs Papier. Ja, und schon bald war sein erstes Kinderbuch fertig. Es wurde ein Riesenerfolg und es hieß:

„Der Engel im Schnee"

Die Blues-Bar

Es war ein verregneter Sonntagabend, als Vicky sich aufmachte, um in die Vergangenheit abzutauchen. Sie wollte in die alte Blues-Bar am Hampton-Drive. Sie wusste nicht, ob es diese alte Bar, in welcher sie sich vor fünfzig Jahren mit ihrem nunmehr verstorbenen Ehemann Keith so oft aufhielt, überhaupt noch gab. Und obwohl sie sich selbst auch nicht mehr so wohl fühlte, starke Herzprobleme hatte, wollte sie sich einfach noch einmal auf den Weg dorthin machen. Sie wollte nicht sterben, ohne diese alte Bar noch einmal gesehen zu haben. So zog sie sich ihre dicke Jacke über und nahm den dunklen Regenschirm. Dann verließ sie ihre winzige Wohnung. Irgendein sonderbares Gefühl, welches sie einfach nicht mehr loslassen wollte, schlich durch ihre Seele und ließ ihr Herz ganz ruhig schlagen. Entspannt lief sie die breite Straße entlang und wollte auch kein Taxi nehmen. Sie wollte diesen Abend noch einmal so richtig genießen, die schwere, neblige Luft in sich aufnehmen, wie sie es selten getan hatte. Die vielen Autos, die durch die Regenpfützen patschten, die vielen Menschen, die irgendeinem Ziel entgegen hetzten- all das interessierte sie an diesem Abend nicht. Sie spürte einen undefinierbaren Hauch von neuem Leben in sich, obwohl sie schon vierundsiebzig war. Nein, es kam nicht auf das Alter an, wenn man etwas unbedingt wollte. Es ging doch nur um das Leben, um nichts ande-

res. Und schließlich bog sie in die kleine Seiten-
straße ein, und schlagartig verschwanden der
Trubel und das Treiben, welches sie eben noch
begleitet hatte. Es wurde immer dunkler, denn
Straßenlaternen gab es in dieser Straße kaum.
Und schließlich sah sie es, das alte verfallene
Haus, die alte Blues-Bar. Der Eingang war verschlossen und sie musste sich einen anderen Zu-
gang suchen. Sie lief um das Gebäude und fand
einen niedrigen Hintereingang. Die Tür war
schon herausgebrochen und überall lagen Müll
und Glasscherben herum. Eine Menge Wasser
hatte sich in einem Loch vor dem Eingang angesammelt und sie musste regelrecht ins Innere des
Hauses springen, um trocken hinein zu gelangen. Dabei musste sie grinsen. Es war genauso
wie damals, als man sie nicht hereinlassen wollte. Sie mussten durch ein Fenster klettern und
manchmal gelang das nicht so recht und die ohnehin nicht mehr moderne Abendgarderobe war
hin. Dennoch war es aufregend und spannend.
Langsam lief sie einige Stufen nach oben und
stand alsbald in einem großen leeren Saal. Glücklicherweise stand eine Straßenlaterne vor einem
der Fenster und verbreitete ein wenig Licht. So
konnte sie wenigstens sehen, wo sie hintrat.
Dennoch war es sehr bedrückend. Alles sah irgendwie anders aus als damals. So tot und ohne
Leben. Es war schmutzig und überall lagen Müll
und Glasscherben wie schon hinterm Haus herum. Am Fenster entdeckte sie einen Stuhl. Dessen Beine waren schon ziemlich verbogen, doch

sie lief zielgerichtet dorthin und setzte sich. Und plötzlich, wie aus dem Nichts tauchten die Erinnerungen an die Zeit auf, als sie mit ihrem Keith in dieser Bar war. Sie stöhnte leise vor sich hin und dachte daran, wie sie Keith einst in dieser Bar kennen gelernt hatte. Es war wirklich eine wundervolle Zeit. Plötzlich knackte es und gleißend helles Licht durchflutete den leeren Saal. Und auf einmal ertönte Musik – es war die gleiche Musik, zu der sie damals tanzten. Und durch die breite Tür kamen Leute in diverser Abendgarderobe herein. Sie begannen, zu dieser faszinierenden Musik zu tanzen. Wie in Vickys Träumen drehten sie sich im Tanze und Vicky spürte eine unsagbare Lust, sich ebenfalls im Tanz zu drehen. Doch ihr fehlte der passende Partner. Ein Kellner erschien und brachte eine Flasche Schampus mit zwei Gläsern. Vicky wunderte sich – sie hatte weder Schampus bestellt noch konnte sich auch erklären, wieso ausgerechnet zwei Gläser gebracht wurden. Der Kellner lächelte so merkwürdig und stellte die Flasche und die beiden Kristallgläser auf den Tisch, der eben noch gar nicht da war. Vicky war plötzlich ganz aufgeregt und wusste nicht, was da noch geschehen würde. Doch da drehten sich die bunten Scheinwerfer zum Eingang und ein Mann in einem schwarzen Frack betrat die Tanzfläche. Vicky konnte es nicht fassen, Tränen schossen ihr in die Augen, vor ihr stand Keith, ihr geliebter Ehemann.

Aber wie konnte das nur möglich sein? Er war doch schon lange tot. Sie wollte sich darüber aber nicht den Kopf zerbrechen, wollte diesen faszinierenden Abend genießen und wollte bei Keith sein. Sie spürte diese Liebe, die sie schon so oft in den letzten Tagen gespürt hatte. Keith verneigte sich vor ihr und bat um den ersten Tanz. Die Musik begann von Neuem aufzuspielen und Vicky erhob sich von ihrem Stuhl. Sie ließ sich auf die Tanzfläche führen, wo schon die anderen Paare warteten und Beifall klatschten, als Vicky mit ihrem Keith zwischen ihnen erschienen. Dann begannen alle, sich im Tanz zu drehen. Ach, war das schön, Vicky konnte sich so richtig fallen lassen. Sie spürte diese Leichtigkeit und diese Schönheit des Augenblicks. So wunderbar und so federleicht hatte sie sich seit Jahren nicht mehr gefühlt. Und Keith hielt sie sicher und fest in seinen Armen. Ja, es war genau so wie damals. Die bunten Scheinwerfer und diese parfumgeschwängerte Luft – es war so wunderschön, dass Vicky nicht mehr aufhören wollte zu träumen. In dieser kleinen Bar am Rande aller Zeiten konnte sie für diesen Augenblick, für diesen einen Abend endlich wieder glücklich sein. Und als sie sich mit Keith im Tanze drehte bemerkte sie nicht, wie sich eine Nebelwolke unter ihren Füßen ausbreitete. Die anwesenden Paare schienen es ebenfalls nicht zu bemerken. Und Vicky und Keith tanzten und tanzten. Sie waren einfach nur glücklich. Doch die Nebelwolke hüllte sie vollständig ein. Dann verschwand die märchenhafte

Szene und nahm alles mit, was da war. Zurück blieb nur dieser leere Tanzsaal, der dunkel und schweigend vor sich hinträumte. Von den Paaren, von Keith und auch von Vicky war nichts mehr geblieben. Wo sie nur hingeflogen sein mochten? Niemand wusste es und niemand hatte sie gesehen. Nur manchmal, wenn es Abend war, konnte so mancher in der großen Stadt eine sonderbare Melodie hören. Und wenn man ganz genau hinschaute, dann sah man sie, die Nebelwolke, in welcher Vicky und Keith tanzten. Es war eigentlich nie anders und es war so wunderschön, dort in der kleinen Blues-Bar am Hampton-Drive!

Düster liegt das Schloss im Wald
Geister ziehen nachts umher
Wenn es einsam ist und kalt
Nur ein Schrei durchs Schlosse hallt
Spuk bringt längst Verborgenes her

Das Grauen von Schloss Grünholm

Gespenstisch lag das alte, verfallene Schloss zwischen den dichten Bäumen des Waldes. Es stand auf einer Anhöhe, wodurch Schlossbesitzer Freiherr Arnold von Grünholm gut über die Baumwipfel hinüber zu einem verfallenen Dorf, in welchem lange schon niemand mehr lebte, schauen konnte. Er hatte es sich zum Ziel gesetzt, das kleine Schloss demnächst zu verlassen, um künftig bei seiner Tochter Isabell in der Stadt leben zu können. So richtig wollte er das nicht, aber die immer umfangreicheren Renovierungsarbeiten und die ewige Einsamkeit hatten ihn letztendlich dazu gebracht. Außerdem hatte er gerade in den letzten Wochen immer wieder das Gefühl, nicht gänzlich allein zu sein. Seltsame Geräusche und sonderbare Lichter zogen des Nachts um die alten verwitterten Steinmauern des Schlosses. Arnold hatte all das wohl bemerkt und fürchtete an manch einem Tage sogar um sein Leben. Immerhin beherbergte er im Keller des Gemäuers, gut verriegelt, einen uralten Schatz. Seine Familie hatte seit dreihundert Jahren auf diesem Schloss gelebt, und die einst sprudelnden Einnahmen aus dem alten Dorf verwaltet. Doch im Mittelalter starben die Menschen an der Pest, das Dorf verwaiste, die Zeiten änderten sich und Arnold war letztlich der einzige, der noch an diesem Orte blieb.

An jenem eisigkalten Dezemberabend fühlte sich Arnold nicht sehr wohl. Hustend saß er in seinem dunkelbraunen Lehnsessel und schaute zum gegenüberliegenden Fenster. Draußen war es bereits dunkel geworden und der Mond wurde von düsteren Wolken verdeckt. Plötzlich fuhr der Wind gegen das Fenster und riss es krachend auf. Der Windzug fegte wie ein Besen durch den großen Raum und schlug die Tür laut polternd zu. Stöhnend erhob sich Arnold und schaute aus dem Fenster, als er es schloss. Unheilvoll bogen sich die Wipfel der Bäume unter der Kraft des Sturmes und Arnold bemerkte mal wieder solch ein Gefühl, das ihn beinahe zu vernichten drohte: eiskalte Angst! Er wusste nicht, woher sie so plötzlich gekommen war, doch sie lähmte seinen Blick, seine Arme und seine Hände. Unsicher verharrte er am Fenster und bemerkte auf einmal dieses sonderbare Licht, welches aussah, als wenn sich dort unten auf dem schmalen feuchten Waldweg jemand mit einer Kerze in der Hand bewegte. Das allerdings konnte nicht sein, denn bei diesem Sturm wäre sie ja längst verloschen. Plötzlich allerdings sah er sie, diese sonderbare Frau in den wehenden weißen Gewändern. Wie ein Geist schwebte sie über den Weg und hielt etwas Leuchtendes, was zwar wie eine Kerze glomm, aber keine war, in ihren Händen. Unvermittelt blieb sie stehen und bewegte langsam ihren Kopf in Richtung des Fensters, hinter dem Arnold stand. Nun konnte Arnold ihr Gesicht erkennen, und ihm gefror das Blut in den Adern. Denn es war kein Gesicht, sondern ein dunkelgrauer Totenschädel, der da unter der weit geschnittenen weißen Kapuze zum Vorschein kam. Panisch verbarg sich Arnold hinter der Gardine und wusste im ersten Augenblick nicht, was er tun sollte. Aber dann fiel ihm ein, dass seine Großmutter einst von einer weißen Frau gesprochen hatte. Sie sollte sich immer mal wieder zeigen und soll auf der Jagd nach allem sein, was lebte. Denn jedes Mal, wenn sie sich gezeigt hatte, starb kurze Zeit später jemand auf dem Schloss. Arnold wusste, dass das jetzt eigentlich nicht mehr sein konnte, denn er lebte ja ganz allein hier, und ob diese sagenumwobene weiße Frau ausgerechnet an ihm Interesse hatte, bezweifelte er sehr. Er hatte sich schließlich nichts vorzuwerfen und war ein ehrlicher Mensch. Als er sich ein Herz fasste und noch einmal nach unten schaute, war da niemand mehr. Keine weiße Frau, kein Spuk, nichts. Vielleicht hatte er sich ja nur geirrt oder es war doch jemand anderes, jemand, der hier nur wanderte und längst verschwunden war? Das Knistern jedoch war noch zu hören und auf einmal vernahm er Schritte. Gemächlich und ruhig schien jemand über den hölzernen Flur vor der Tür zu schreiten. War das vielleicht jene weiße Frau? Arnold rannte zur

Tür und verriegelte sie mit zitternden Händen. Als er durch das Schlüsselloch schaute, sah er, wie ein Schatten vor der Tür vorüberglitt. Erschrocken presste er sich an die Mauer neben der Tür, und der Wind riss das Fenster erneut auf und fuhr wie ein Dämon durch den großen Raum. Arnold hockte zitternd hinter der Tür und konnte sich nicht erklären, was hier vor sich ging. Es wurde kälter und kälter und dann raunte eine drohende Stimme:

Heute Nacht wird es geschehen
Werd das Schloss dann mit mir nehmen
Nichts bleibt mehr, wie es mal war
Denn die Stunde ist jetzt da
Rache werd ich heute nehmen

Arnold konnte nicht einmal um Hilfe schreien, so schockiert war er. Doch wer sollte ihm auch helfen, selbst, wenn er hätte rufen können? Es half nichts, er musste sich seinem ungewissen Schicksal ergeben. Aber wie hatte das diese seltsame Stimme nur gemeint, wofür wollte der vermeintliche Geist Rache nehmen? Er ahnte, dass es ein Geheimnis geben musste, ein Geheimnis aus grauer Vorzeit. Vielleicht hing das mit dem Schatz im Keller zusammen? Aber sollte er wirklich in die alten Katakomben herabsteigen, um nachzusehen, ob da etwas war? Er wusste, dass er den Dingen nur auf die Spur kommen konnte, wenn er genau dies tat. Doch zuvor musste er sich beruhigen und abwarten, was da noch geschah. Angst brachte ihn weder weiter noch ans Ziel. Und so wartete er eben ab. Nach einer gefühlten Stunde wagte er sich schließlich aus dem Zimmer. Draußen auf dem Flur schien alles ruhig zu sein. Mit der Taschenlampe und einem Messer bewaffnet schlich er sich über den langen Flur zur Steintreppe, die in den Keller führte. Noch immer war es eiskalt und überdies stockdunkel. Weil er sparen wollte, und auch musste, hatte er sämtliche Glühbirnen entfernt, die in den nicht bewohnten Räumen eingeschraubt waren. Nur der Wind nutzte die zahlreichen leerstehenden Räume, um dort die alten Fensterläden unheilvoll klappern zu lassen.

Die steinerne Wendeltreppe, welche in den Keller führte, endete vor einer alten hölzernen Tür. Sie war verschlossen und Arnold zog einen schroffen vermoderten Backstein aus der Mauer, hinter welchem sich der schmiedeeiserne Schlüssel verbarg. Das Schloss ließ sich nur schwer öffnen, denn schon lange hatte sich Arnold nicht mehr in diesen Keller gewagt. Aber dann sprang das Schloss auf und Arnold stand in dem stockdunklen Kellergelass.

Hier unten hörte sich der draußen tobende Sturm noch gespenstischer an. Wie ein tobender Unhold pfiff er um die Ecken und durch die Ritzen und Arnold befürchtete, dass jeden Augenblick der Geist der weißen Frau hinter ihm stünde. Doch dem war nicht so und so konnte er sich bis zum steinernen Sarkophag schleichen, worin er die Unterlagen und den Schatz verborgen hatte. Der Steinsarkophag hatte ein recht modernes Innenleben, denn er wurde von einem elektronischen Zahlencode geschützt. Arnold gab den Zifferncode ein und alsbald schob sich der Deckel ächzend zur Seite. Gleichzeitig schaltete sich ein kleines Licht ein, damit man die Dinge auch sehen konnte, welche sich dort befanden. Neben dem golden funkelnden Geschmeide und den kostbaren Perlenketten lag ein Aktenordner, in welchem sich die uralten Pergamente befanden. Arnold wollte nur sie und nahm sie schnell an sich. Dann verschloss er den Sarkophag wieder und pirschte sich zur Wendeltreppe zurück. Vorsichtig verschloss er die Holztür hinter sich und stieg auf leisen Sohlen nach oben. Doch weit kam er nicht, denn als er oben angelangt war, sah er sie schon, die weiße Frau. Sie musste irgendwie ins Schloss gelangt sein und schwebte bedrohlich vor der Tür des Raumes, aus welchem er gekommen war. Nein, es hatte keinen Sinn, weiterzugehen, wer wusste schon, was dieser Geist von ihm wollte. So schlich er in den Keller zurück und schloss die Holztür gut hinter sich ab. Hüstelnd setzte er sich auf den Deckel des Sarkophags und nahm sich den Aktenordner vor. Die zerschlissenen vergilbten Pergamente waren stark beschädigt und kaum zu entziffern. Dennoch gelang es ihm, einige Sätze zu lesen. Es stellte sich heraus, dass das Pestvirus, an welchem die Dorfbewohner einst starben, mutwillig vom damaligen Schlossbesitzer, Arnolds Urahn, Lord Bert von Grünholm, in das Dorf gebracht wurde. Der gierige böse Lord ließ die Leute sterben und nahm ihnen alles ab. Eine alte Frau allerdings überlebte die Seuche und tauchte eines Nachts im Schloss auf. Sie soll dem Lord gedroht haben, dass sie so lange wiederkehren würde, bis die schwere Schuld beglichen sei. Fortan starben die Bewohner des Herrschersitzes an den merkwürdigsten Krankheiten. Der Spuk dauerte mehrere Generationen an und ließ bis auf die Nachfahren des Lords, die mit dem Fluch nichts mehr zu tun hatten, keinen übrig.

Arnold klappte den Ordner zu und schaute sich um. So war das also, dachte er sich und hatte doch mehr Fragen, als zuvor. Woher kam diese sonderbare weiße Frau und was wollte sie hier? Wer war sie überhaupt und was bedeuteten die bedrohlichen Worte, welche Rache ankündigten? War das vielleicht wieder diese alte Frau, die einst die Pest überlebt hatte? Oder war sie doch ein völlig anderer Geist? Plötzlich musste er grinsen – was, wenn er sich das alles nur eingebildet hatte? Spielten ihm seine lebhafte Fantasie und die ewige Einsamkeit einen solch üblen Streich? Als er so hoffnungslos herumsaß, kam ihm eine Idee! Noch einmal öffnete er den Sarkophag und entnahm sämtlich Schmuckstücke. Schnell verbarg er sie in einem Sack und band ihn zu. Den Sarkophag ließ er geöffnet zurück, als er den Kellerraum verließ. Leise schlich er die Treppe bis zum Tor, welches sich auf halber Höhe befand und aus dem Schloss führte. Dort stellte er den Sack ab und verließ das Schloss mit eiligem Schritt. Zwischen dichten Sträuchern hatte er seinen Wagen versteckt, und als er sich hineinsetzte, schaute er sich noch einmal um. Das Schloss lag in der Dunkelheit als sei gar nichts geschehen. Auch die vermeintliche weiße Frau schien ihm nicht gefolgt zu sein. Nur der abflauende Wind bewegte noch die Wipfel der Bäume hin und her und auf und ab. Das Rauschen der Äste konnte ihn nun nicht mehr aufhalten, obwohl er sich noch immer fürchtete. Er hatte sich vorgenommen, seine Flucht aus dem Schloss ein wenig vorzuziehen, sofort zu seiner Tochter zu fahren, denn im Schloss wollte er keine Stunde länger mehr bleiben. Den Schatz wollte er nicht, und auch sonst hatte er nur noch einen einzigen Gedanken: fort von diesem verfluchten Ort! Flugs startete er den Wagen und verließ schnellstens den Wald und die Gegend und die furchtbare Vergangenheit.

Als er Tage später mit seiner Tochter Isabel noch einmal zurück zum Schloss fuhr, um die restliche Kleidung zu holen, irrten sie lange im Wald umher. Doch an der Stelle, wo sich das Schloss befunden hatte, war da nichts mehr. Selbst das alte Dorf war verschwunden. Nichts zeugte mehr von alledem und Arnold konnte nur ahnen, was sich ereignet hatte. So merkwürdig das auch sein mochte, aber vermutlich hatte die weiße Frau nicht nur den Schatz geholt, sondern auch das Schloss und das verfallene Dorf. War das vielleicht ihre eigentliche Rache?

Als sich die beiden wenig später in einer etwas entfernteren Gemeinde nach dem Schloss und dem verfallenen Dorf erkundigten, erzählte ihnen eine sonderbare alte Frau, dass es seit vielen Jahren kein Schloss mehr gab und das alte Dorf schon vor hundert Jahren niedergebrannt sei. Die beiden konnten nicht fassen, was hier vor sich ging, fuhren eiligst davon, und unterwegs hatte Arnold den Eindruck, eine weiße Gestalt sei am Waldesrand umhergeflogen. Und wenig später vernahmen die beiden neben dem schrillen Kichern einer alten Frau die düsteren Worte, die sie wohl niemals mehr vergessen würden:

Fort ist alle Rache, fort
Ziehe nun von diesem Ort
Mir gehört jetzt Schmuck und Schloss
Auch das Dorf mit Mann und Ross
Ich bin Bert, der alte Lord

Drei Frauen

Warum der nagelneue Wagen nicht mehr weiterfuhr, wusste Lola zunächst nicht. Sie war einfach aufgebrochen, um ihrem schlagenden Ehemann für immer zu entkommen. Allerdings blieben ihr nur dieses Auto und ihre gepackte Reisetasche. Alles andere ließ sie bei ihrer Flucht ins Nirgendwo zurück. Und nun stand sie zwischen Hölle und noch mehr Verderben, irgendwo auf einem Feldweg am Rande der Zeit. Die Räder drehten durch wie ihre Nerven, wenn sie an diesem Orte noch länger bleiben müsste. Doch alles Gas geben, nein, das half nichts, sie musste aussteigen und laufen. Nur wohin?

Sie zog sich ihre Kleider zurecht und stand alsbald in einer tiefen schlammigen Pfütze. Augenrollend und schimpfend nahm sie ihre Reisetasche, knallte die Wagentür zu und verließ diesen unheiligen Ort. Es regnete und nirgendwo war auch nur die geringste Spur menschlichen Lebens zu erkennen. Doch sie lief tapfer weiter, allerdings nicht ohne ihre Hasstirade auf ihren entsetzlichen Ehemann zu unterbrechen. Das kleine Wäldchen, welches plötzlich wie aus dem Nichts vor ihr auftauchte, kam wie gerufen. Dort würde es der immer stärker werdende Regen nicht mehr so leicht durchs dichte Blattwerk schaffen. So gelangte sie immer tiefer in den Wald und hatte bereits alle Hoffnungen, irgendjemanden zu treffen aufgegeben. Aber sie lief weiter und es grenzte an ein Wunder, zwischen den Tannen erblickte sie eine kleine Hütte. Wem die wohl gehörte? Idyllisch schmiegte sie sich in die Landschaft und schien mit den Bäumen regelrecht verwachsen zu sein. Sie entsprach zwar nicht so ganz Lolas Vorstellungen von einer Unterkunft, wie sie es eigentlich von ihrer Villa am Stadtrand gewohnt war. Doch es reichte ihr aus und war vor allem eine ideale Zufluchtsstätte vor dem prügelnden Ehemann. Als auf ihr Klopfen keiner öffnete, drückte sie die Türklinke und gelangte ins Innere. Die zwei Räume waren kalt und leer. Offenbar lebte hier seit langer Zeit keiner mehr. Das kam Lola sehr zu passe. Sie wollte es sich erst einmal bequem machen, denn bei diesem Regen konnte und wollte sie ohnehin nicht mehr weiter durch den dunklen Wald laufen. Sie hatte auch alles dabei: Kerzen, ein Feuerzeug, mehrere Schachteln Zigaretten und eine große Flasche Whisky, was brauchte man schon mehr! Am Fenster des größeren Raumes entdeckte sie ein kleines verwittertes Tischchen und vier kippelnde Stühle. Die mussten wohl noch aus dem letzten Jahrhundert stammen, aber sie hielten. Stöhnend ließ sie sich auf einen der Stühle fallen und zündete sich eine Zigarette an. Genüsslich inhalierte sie den würzigen Nikotingeschmack und stellte eine Kerze vor sich aufs Fensterbrett. Ach, so müsste es immer sein, dachte sie sich nur. Doch ein seltsames Geräusch ließ sie die Kerze gleich wieder auslöschen. Was war das? Lebte hier am Ende doch jemand? Um länger darüber nachzusinnen, blieb keine Zeit, denn mit einem heftigen Stoß wurde die Tür aufgerissen. Lola starrte auf die Tür, was oder wer würde da wohl gleich vor ihr stehen? Ein Wolf, ein Bär? Es war eine Frau mit einem kleinen Koffer in der Hand! Sie starrte ebenso verblüfft zu Lola, die sich beinahe am Rauch ihrer Zigarette verschluckt hätte. Die Fremde rief: „Hach, da bin ich ja erleichtert! Dachte schon, ein wildes Tief habe sich hier angesiedelt!" Lola konnte den vermeintlichen Humor dieser fremden Frau nicht nachvollziehen. Sie konterte mit: „Hätten Sie nicht vorher anklopfen können! Ich habe mich ja zu Tode erschrocken!" Damit schaute sie kopfschüttelnd zum Fenster hinaus, auch, wenn es draußen bereits stockdunkel geworden war. Die Fremde lachte schrill und wollte sich gerade aufregen, doch Lola entgegnete schnell: „Ja, ja, ist schon gut, kommen Sie einfach rein und machen Sie die Tür zu." Zwar mürrisch aber doch erleichtert, nicht mehr im Regen durch den Wald stolzieren zu müssen, nahm die Fremde auf einem der Stühle Platz. Dann zog sie sich eine bereits geöffnete Flasche Wein aus ihrem Koffer und nahm einige Schlucke daraus. Dann sagte sie: „Übrigens, ich bin Salma! Wir können uns ja duzen, wenn Sie wollen?" Lola war einverstanden und Salma bot ihr einen Schluck aus ihrer Weinpulle an. Die beiden tranken sich erst einmal etwas Wärme an und als die Flasche leer war, stellte Lola ihre Whiskyflasche auf den Fenstersims. Doch plötzlich hämmerte etwas

gegen die Fensterscheibe. Lola hielt ihre Whiskyflasche fest und glaubte schon, irgendjemand
wollte das Fenster aufbrechen. Da es draußen
dunkel war, konnten die beiden Frauen nicht
erkennen, wer da draußen rebellierte. Als endlich jemand rief: „Hallo, können Sie mich mal
reinlassen. Es regnet", atmeten die beiden erleichtert auf. Salma ging zur Tür und öffnete.
Schüchtern stand eine vom Regen vollkommen
durchnässte kleine Frau in etwas ärmlicher Kleidung in der Tür. Sie hielt einen Beutel in der
Hand und traute sich nicht ins Haus. „Na nu
komm´se schon rinn, wir beißen nicht", rief
Salma. Und Lola, die schon sichtlich angetrunken
schien, machte eine eindeutige Handbewegung,
sodass die Fremde schließlich Mut fasste und
eintrat. „Wo komm´ Sie denn her? Bei dem Wetter jagt man doch keinen Hund vor die Tür", rief
Lola. Und nach anfänglichem Stocken, redete die
Fremde plötzlich wie ein Wasserfall, sprach darüber, was ihr widerfahren war. Demnach hatte
sie sich angeblich beim Pilze suchen verirrt. Allerdings änderte sie nach kurzer Zeit ihre Aussa-
gen wieder und stotterte herum. Weinend brach
sie auf einem der Stühle zusammen und beichte-
te, dass sie ihrem Mann hinterhergefahren sei, als
der ihr zum aber tausendsten Male weiß machte,
er müsste Überstunden schieben. Als sie ihn
schließlich am Waldrand mit einer anderen auf-
gedonnerten Frau in eindeutiger Position auf-
spürte, konnte sie nicht mehr. Sie rannte einfach
los und fand sich schließlich vor dieser alten

Hütte wieder. „Und all das nachdem wir unser kleines Häuschen abgestottert haben", rief sie vollkommen neben sich stehend, „so lange haben wir geschuftet und gespart, und nun das!"

„Na denn", rief Salma, „Willkommen im Club!" Mit diesen Worten drückte sie der Fremden die Whiskyflasche in die Hand und nickte ihr aufmunternd zu. Lola zündete unterdessen eine neue Kerze an und rauchte eine Zigarette nach der anderen. Schon konnte man die Hand vor Augen nicht mehr erkennen, als Salma darauf hinwies, dass sie Nichtraucherin sei. Die Fremde traute sich kaum, etwas zu sagen. Doch nach dem dritten Zug aus der Whiskyflasche wurde auch sie ein wenig lockerer. Sie hieß ihren Ehemann kurz und lang und bat Lola um eine Zigarette. Salma rollte genervt mit den Augen und pfiff sich ein Lied. Dann stellte sich auch die Fremde mutig vor: „Ich bin die Ellen. Na ja, Sie können mich duzen." Die drei Frauen musterten sich kurz, dann mussten sie lachen. Sie erkannten plötzlich, dass sie alle im gleichen Boot saßen und staunten, dass sie ihre verschlungenen Wege in dieses Haus inmitten des dichten Waldes verschlagen hatten. Doch sie arrangierten sich und plauderten und sprachen über ihre so unterschiedlichen Lebenswege. Da kamen so viele Erlebnisse und Schicksalswendungen zutage, dass sie sich darüber wunderten, was sich in ihren Köpfen alles verbarg und angesammelt hatte. Über all die vielen Jahre hatten sie alles tief in ihren Seelen versteckt und sich selbst total zurückgenommen. Jede von ihnen hatte ihre Sehnsüchte, ihre Träume und ihre Wünsche, von denen wohl kaum einer je Beachtung fand. Die Ehemänner hatten ihnen einst so viel versprochen, doch nichts davon war geblieben. Und irgendwie waren sie alle enttäuscht und am Ende ihres alten Lebens angekommen. Eintönigkeit und Gleichgültigkeit schlichen sich ein. Längst fehlte es an Liebe und an Ehrlichkeit.

Nur zum Aufgeben, dazu hatten sie keine Lust. Sie spürten, dass es da noch etwas anderes geben musste. Nur was es sein konnte, wussten sie nicht. Und es schien ganz seltsam, obwohl sie ein komplettes Leben dort draußen hatten, zu welchem so viele schöne Dinge gehörten, vermissten sie doch etwas ganz Entscheidendes, sich selbst. Sie hatten sich irgendwo auf ihren Lebenswegen aufgegeben, nur, um für Mann, Haus und Kind da zu sein. Und plötzlich fühlten sie sich alt und nutzlos. Dabei wussten sie genau, dass es ohne sie nicht gehen würde. Und sie wussten, dass daheim bei den Lieben nichts mehr lief, denn auch für sie würde sich etwas ändern, wenn sie nicht mehr da waren. Doch in diesem Augenblick war das den Frauen egal. Sie wollten nicht mehr und spürten das ganz deutlich. Sie begannen sich zu arrangieren und richteten sich in der winzigen Hütte ein. Aber da gab es ein entscheidendes Hindernis: Sie hatten keine Vorräte und sie wussten nicht, wann der Eigentümer dieser Hütte zurückkommen würde. Denn ewig könnten sie ganz sicher nicht bleiben. Allerdings war das Problem schnell geklärt. Man teilte sich auf. Eine übernahm den Einkauf, eine den Hausputz und die andere erledigte den anfallenden Schreibkram. Als Erstes jedoch beschlossen sie, ihre Handys symbolisch für ihr altes verkorkstes Leben im Wald vor der Hütte zu verbrennen. Beschwörend legten sie die Telefone übereinander und kippten Unmengen von Whisky darüber. Lola entzündete den Haufen und er brannte trotz Regens lichterloh. Nachdenklich starrten die drei Frauen auf die Flammen. War es wirklich so einfach, alles Bisherige einfach so in Schutt und Asche zu legen?

Wortlos gingen sie in die Hütte zurück und nahmen sich Zigaretten aus Lolas Schachtel. Sogar Salma hatte einen Glimmstängel im Mund und paffte erstaunlich professionell. Ein wenig später liefen sie gemeinsam los. Stundenlang waren sie unterwegs, um in den nächstgelegenen Ort zu gelangen. Dort kauften sie ordentlich ein. Lolas defekter Wagen wurde von einem Abschleppdienst abgeholt und sofort repariert. Damit waren die drei wieder mobil. Sie kauften sich Decken und Vorräte. Auch mussten Töpfe und neue Kleidung her. Lola kaufte einen Laptop, welcher fortan die Geschicke der drei verwaltete. Nun konnte eigentlich nichts mehr schief gehen. Und immer öfter erwischten sie sich, wie sie über ihre Familien, ihre Ehemänner und ihre Kinder sprachen. Es fiel ihnen so schwer, in dieser einsamen Hütte, am Waldesrand, so fern von ihren Familien zu hausen. Trotzdem wollten sie nicht nach Hause. Zu tief saßen noch die Enttäuschungen und all die Dinge, die sie nicht mehr wollten, die sie satthatten. Und Lola hasste ihren Ehemann, der sie geschlagen hatte.

„Den soll der Teufel holen", rief sie laut, während sie sich mit Gartenarbeit vorm Haus ablenkte. Und heimlich dachten alle drei an die Erfüllung ihrer geheimsten Wünsche.

Langsam schlich sich Unbehagen in die Dreierbeziehung ein. Immer häufiger beschimpften sich die Frauen und gingen hasserfüllt aufeinander los. Die über all die vielen Jahre angestauten Aggressionen bahnten sich ihren Weg und ließen dabei oft Tränen und Nervenzusammenbrüche zurück. Doch sie wussten sehr genau, dass ihnen dort draußen kein Psychiater und auch sonst keiner half. Sie waren auf sich gestellt und mussten durchhalten, wenn sie zusammenbleiben wollten. Und so fielen sie sich schließlich nach jeder neuen Attacke weinend in die Arme. Das schweißte zusammen und irgendwann kannte jede die geheimsten Träume der anderen. Und sie wollten diese Träume irgendwann einmal verwirklichen. Nur mit diesen Gedanken und ihrem festen Willen konnten sie diese Einsamkeit dort draußen im Wald meistern. Denn dort waren sie frei und ungebunden. Eines Abends verabschiedete sich Ellen für eine Nacht. Sie wollte durch den Wald spazieren und auf andere Gedanken kommen. Sie wollte ihre Seele reinigen und lief einfach los. Zwar versuchten die anderen beiden, sie aufzuhalten, doch es gelang ihnen nicht. So stieg Ellen über Stock und Stein und verirrte sich schließlich im Wald.

Sie setzte sich auf einen herumliegenden Baumstamm und wischte sich den Schweiß von der Stirn. Doch da waren auch Tränen, die von ihrem Kinn tropften. Sie sah sich, ihr Leben und ihr jahrelanges Schweigen. Und sie sah ihren Mann und ihren Sohn. Hatte sie nicht allen immer das gegeben, was sie wollten? Warum nur hatte sich ihr Mann eine andere genommen? Waren da Eintönigkeit und Langeweile in die Ehe geraten? War sie selbst schuld daran? Sie konnte es sich nicht erklären und sah vor ihren inneren Augen ihr Leben vorüberziehen. Da tauchte plötzlich ein Wanderer auf. Er kraxelte inmitten des wilden Buschwerkes herum und schien sie gar nicht zu bemerken. Natürlich kam ihr das seltsam vor und sie verbarg sich hinter einem dichten Busch. Doch der Fremde rief plötzlich: „Du brauchst Dich nicht zu verstecken. Ich habe Dich schon gesehen." Ellen wusste nicht, ob sie ihr Versteck verlassen sollte oder nicht. Aber warum sollte sie sich verstecken? Hatte sie sich nicht lange genug hinter den Schultern ihres Mannes versteckt und war am Ende doch nur betrogen worden? Neugierig kroch sie hinter ihrem Busch hervor und schaute plötzlich in die großen braunen Augen des fremden Mannes. Er strahlte so viel Wärme und Hoffnung aus, dass sie sich nicht mehr fürchtete. Ganz im Gegenteil, sie fühlte sich plötzlich so gut, so wach. Das erste Mal hatte sie einem fremden Mann schöne Augen gemacht, hatte sie einen fremden Mann überhaupt beachtet. Und der Fremde nahm sie in seine Arme und drückte sie fest an sich. Dabei sagte er leise: „Wir müssen tun, was uns wichtig ist. Auch wenn es manchmal der falsche Weg ist, müssen wir es tun. Dabei sollten wir lernen zu vergeben. Nicht alles geschieht aus Hass und aus Unmut. Manchmal lebt die Liebe noch und nur der Alltag hatte uns verletzt." Ellen wunderte sich über diese Ehrlichkeit des fremden Mannes. Obwohl sie ihn noch niemals zuvor gesehen hatte, erschien er ihr so vertraut, so, als ob sie ihn schon seit Jahren kennen würde. Wie kam das nur? Sie ließ sich darauf ein und erzählte dem Fremden von ihrer Trauer und ihrer Enttäuschung. Doch der Fremde antwortete ihr nicht. Er lächelte sie an und küsste sie. Und sie ließ es geschehen. Sie liebten sich zwischen all den stummen Bäumen. Und es war ihr, als spürte sie ihren Körper das allererste Mal. Sie entdeckte sich ganz neu und der Fremde schien das gar nicht ausnutzen zu wollen. Er war behutsam und vorsichtig, aber auch wild und männlich. Er war genauso, wie sie es in ihren Träumen stets erlebt hatte. Nun endlich hatte sie sich wiedergefunden, in den starken Armen dieses fremden Mannes. Er ließ sie nicht mehr los, doch er ließ ihr den Spielraum, den sie brauchte und dennoch nie hatte. Und sie wusste, dass sie sich selbst in dieses Gefängnis verbannt hatte, aus dem sie nicht herauskam. Der Fremde aber ließ sie gewähren und er sagte nichts, er war nur da und liebte sie. Es war genauso, wie sie es wollte. Als ihre halb bekleideten Körper erschöpft ins welke Laub fielen, blieben sie noch lange schweigend nebeneinander liegen. Doch als der Morgen graute, sagte der Fremde: „Ich muss nun gehen. Vielleicht sehen wir uns nie wieder, aber es war wichtig, dass Du Deine Träume wiedergefunden hast. Du musstest sie sehen. Und nun weißt Du, dass es Dich noch gibt. Fange wieder an zu leben und zu lieben, aufrichtig, wie Du selbst auch bist. Es ist gar nicht schwer. Und es wird Dir gelingen. Lebe wohl." Er stand auf und zog sich seine Jacke über. Dann verschwand er im Unterholz des Waldes. Ellen lag noch lange im Laub und dachte nach. Sie fühlte wieder etwas. Und sie wusste, dass sie nicht nach anderen schauen musste, ob die sich richtig ihr gegenüber verhielten. Es lag nur an ihr selbst, dem Leben etwas abzugewinnen und ihre Träume zu leben. Denn es waren ihre Träume und nicht die der anderen. Entschlossen erhob sie sich und zupfte sich ihre Kleider zurecht. Dann lief sie den Weg zurück, den sie glaubte gekommen zu sein. Und es war wie ein Wunder, sehr schnell gelangte sie zur Hütte, wo sich die beiden anderen Frauen bereits Sorgen um sie machten. Als sie freudestrahlend ins Zimmer trat, staunten die beiden anderen.

Sie sahen das Laub an Ellens Kleidung und lachten verschmitzt. Vielleicht ahnten sie, dass Ellen nicht nur Eicheln und Kastanien gesucht hatte? Doch sie sagten nichts, hatten wohl ähnliche Wünsche. Sie wären gern auf den Spuren ihrer

Träume gereist und hätten ihr eigenes Leben wiedergefunden. Aber sie freuten sich für Ellen, die sich an den wackeligen Tisch setzte und wortlos den Kaffee genoss, der in ihrer Tasse dampfte. Sie stöhnte leise vor sich hin und Lola meinte schließlich, dass sie ebenfalls in den Wald wollte, um vielleicht auf andere Gedanken zu kommen. Salma trug einen ähnlichen Gedanken in sich und Ellen versprach, auf die Hütte aufzupassen, während die beiden anderen Frauen in den Wald gingen, um nach etwas zu suchen, was sie noch gar nicht wussten. Und so brachen sie auf. Der Tag war noch jung und Ellen musste sich eh ausruhen. Sie kletterten durchs Gehölz und verloren sich schließlich aus den Augen. Sie wollten auch gar nicht zusammen weiter gehen, denn ihre Lebenswege waren ja schließlich auch nicht die gleichen. Die eine lief nach links und die andere nach rechts. Und beide nahmen die Strapazen in Kauf, über Baumstämme und durch Wildschweinsuhlen zu stolpern. Irgendwann waren beide unabhängig voneinander derart erschöpft, dass sie sich kraftlos auf den Waldboden fallen ließen. Lola lehnte sich an einen entwurzelten Baum und fing an zu weinen. Ihre Gefühle schienen sie in diesem Moment zu übermannen und sie konnte einfach nicht anders. Sie sah ihre Ehe und ihren beruflichen Erfolg, den sie sich mit ihrer Immobilienfirma aufgebaut hatte. Und sie sah den Mann, der sie plötzlich schlug. Womit hatte sie das nur verdient? Hätte nicht auch er etwas aus seinem Leben machen können, anstatt sich dem Alkohol hinzugeben? Er war doch auch mal erfolgreich, als Fuhrunternehmer. Doch dann, seine Krankheit und das damit verbundene berufliche Aus. Aber sie konnte doch nichts dafür. Warum war er so ungerecht zu ihr? Wollte er vielleicht allein sein? Liebte er sie nicht mehr? Aber wieso? Die Tochter war längst aus dem Hause und ihr ging es gut, Gott sei Dank, es ging ihr gut. Und sie selbst? Hatte sie nicht auch noch ihre Träume und ihre Sehnsüchte, ihre Hoffnungen und ihre Abenteuerlust? Ja, sie liebte doch das Abenteuer! Anfangs hatte sie es mit ihrem Mann erleben können und nun? Das einzige Abenteuer, welches es in ihrem Leben noch gab war, dass er sie schlug. Mehr war nicht geblieben. Wie sollte sie nur weiterleben? Auch Salma, die sich an einem idyllisch gelegenen Waldsee wiederfand, sank in sich zusammen. Jenseits von Gut und Böse weinte sie bitterlich. Sie fühlte sich so unverstanden und nicht mehr gebraucht. Dabei wollte sie gar nicht viel. Sie wollte nur die Frau an seiner Seite sein und nicht mehr. Aber eben auch nicht weniger und er gab ihr das Gefühl, dass er der Herr und Herrscher im Hause war. Ja, sie hatte einst auch einen Beruf gelernt. Sie war Hotelfachfrau. Doch dann traf sie ihn, den großen Mogul, den Millionär. Er bot ihr ein sorgloses Leben und sie schenkte ihm zwei wohlgeratene Söhne. Ja, die liebte sie über alles. Doch als sie aus dem Hause waren, wurde es plötzlich so einsam. Und in dieser Einsamkeit keimte auch Hoffnungslosigkeit

und Angst. Tausend Ängste! Auch die Angst, ihr
eigenes Leben würde aus den Fugen geraten. Sie
sah sich verloren und am Rande ihrer Zeit angekommen. Und eigentlich wollte sie überhaupt
nicht mehr leben. Doch der Gedanke an die Söhne hielt sie noch am Leben. Aufrecht blieb sie die
Frau an der Seite des bekannten Millionärs. Doch
man sah in all diesem Glimmer nicht ihre Traurigkeit und ihre Depression. In den Hochglanz-
magazinen wurde ihre Ehe als etwas ganz Be-
sonderes beschrieben. Keiner dieser Boulevard-
Journalisten wollte sich die Mühe machen, um
hinter die Fassade zu blicken. Keiner fragte sie
nach ihren Träumen, nach ihrem Leben. Keiner
wollte wissen, dass auch sie eines hatte. Sie war
nur einfach da, um die Tage dieses Millionärs,
dieses schwarzhaarigen Schönlings zu versüßen.
Aber wollte sie das überhaupt noch? Wollte sie
nicht viel lieber ausbrechen und all den Reich-
tum vergessen? Geld, diese wunderschöne Villa
am Stadtrand, die millionenschwere Jacht in Mo-
naco, wollte sie das noch? Über all diese kalten
leeren Jahre hatte sie sich nur einen echten
Freund gesichert, den Alkohol. Der hielt immer
zu ihr. Aber sonst? Plötzlich knackte es im Gebüsch und ein junger Mann erschien vor ihren
Augen. Eigentlich wollte sie viel lieber einen
Schluck Wein trinken, doch dieser Mann da vor
ihr, diese Augen, wer war das nur? Er hatte eine
unglaubliche Ausstrahlung und lächelte sie unentwegt an. Und obwohl sie eigentlich als Frau
allein in diesem Wald diesem Manne ausgeliefert

wäre, fühlte sie sich doch nicht hilflos. Es war, als beschützte sie dieser Mann vor allem Bösen dieser Welt. Langsam näherte er sich ihr und meinte dann beruhigend: „Keine Angst, es wird alles gut werden. Wirst es sehen. Du musst nur Deine Gefühle wieder ausgraben und vor allem", er machte eine kleine Pause und schaute zum Himmel hinauf, „Du musst an Dich selber glauben und Dich wiederfinden. Du musst das tun, was *Du* willst, nicht, was andere von Dir erwarten. Das wird nicht leicht, doch wenn Du es willst, dann wirst Du wieder glücklich sein. Deine Söhne werden Dir dabei helfen. Glaube mir."

Salma konnte nicht fassen, dass dieser Fremde so viel über sie wusste. Kannte er sie? Hatte er sie ausspioniert? Oder kannte er ihren reichen Ehemann?

Als sie sein Gesicht sah, wie es sie anlächelte, fasste sie wieder Mut. Sie wusste, dass dieser Fremde irgendetwas anderes war. Nur was, das wusste sie nicht. Sie spürte so viel Zuversicht und so viel Wärme und Zuneigung, wie sie es noch nie zuvor gespürt hatte. Da war plötzlich wieder das Gefühl, eine richtige Frau zu sein. Und die beiden küssten sich inniglich und hingebungsvoll. Ach, das war es, was sie seit langer Zeit so sehr vermisst hatte: Liebe, ein ganz klein wenig Liebe! Und während ihr die Tränen über die Wangen rannen, liebten sie sich im Moos des Waldes. Er küsste ihr die Tränen aus dem Gesicht und sie spürte plötzlich ihren Körper wieder. Das, was sie so lange entbehrt und verloren glaubte, war endlich zurückgekehrt, ihre Hoffnung! Ähnlich erging es auch Lola. Sie spürte einen warmen Hauch im Nacken und als sie sich umsah, starrte sie in die liebevollen Augen eines fremden jungen Mannes. Ohne viele Worte fiel sie ihm um den Hals. Sie hatte so etwas noch nie getan, denn fremde Männer waren ihr eigentlich ein Graus, eigentlich. Doch sie wollte es und die spärliche Bekleidung des Fremden gab seine maskuline Statur preis und Lola ließ sich in seine muskulösen Arme fallen, als müsste sie gerettet werden. Sie küssten sich und liebten sich und auch sie fühlte plötzlich wieder etwas in sich, dass ihr über all diese vielen Jahre abhandengekommen war, ihren Leib und ihre Seele. So hatte sie noch niemals geliebt, und vielleicht war es das, wovon sie stets geträumt hatte? Die beiden Frauen entdeckten ihre Sehnsüchte und ihre Träume, ihre geheimsten Träume wieder. Und dabei empfanden sie so unfassbar viel, wie sie noch nie zuvor empfunden hatten. Das gab ihnen wieder Zuversicht und Lebensfreude und auch die Spannung auf das, was das Leben noch für sie bereits hielt, zurück. Der Fremde ging und die beiden Frauen dachten daran, wie sie es nun anstellen sollten, ihr Leben wieder aus eigenen Kräften zu meistern. Und sie kamen immer nur auf einen Schluss: Einfach so leben, wie man glücklich ist! Mehr wars nicht! Aber sollte alles wirklich so einfach sein? Sie warf ihre mitgenommene Whiskyflasche weit von sich und sprang auf. Keineswegs wollte sie aufgeben und ihren Mann gewähren lassen. Zwar verdiente er eine saftige Ohrfeige, doch hatte nicht auch sie eine Menge verkehrt gemacht? Hatte sie nicht ständig an ihrem Mann herumgenörgelt, bis er schließlich in seiner eigenen Verzweiflung und seiner Panik nichts anderes mehr sah, als durchzudrehen? Sie gab sich nicht die Schuld, doch sie wollte einfach noch einmal von vorn beginnen. Sie wollte ihrem Ehemann nichts beweisen, sie wollte es sich selbst beweisen. Denn sie konnte es noch, sie spürte es ganz deutlich. Und selbst Salma sah sich in einem ganz neuen Licht. Dieser Fremde, der eben zwischen den Tannen verschwunden war, hatte es ihr zurückgebracht, ihr Selbstbewusstsein. Es schlummerte tief in ihrer Seele und sie hatte es verlernt, es heraus zu holen und zu nutzen, so wie einst, als sie noch ein Kind war. Da hatte sie sich doch auch immer durchgesetzt. Und so sollte es wieder sein. Sie wollte sich eine Wohnung in der Stadt nehmen und erst einmal wieder zu sich finden. Ob es nun dem Mann passte oder nicht, sie wollte fortan nur an sich selbst denken und nicht an Etikette und üblen Klatsch! Das war ihr nun egal, denn sie wollte leben, endlich leben! Sie wischte sich die Tränen aus dem Gesicht und lief durch den Wald, und es war verrückt, schon nach wenigen Augenblicken erreichte sie die Hütte. Wie konnte das nur sein. Schon von weitem sah sie Lola, die ebenfalls, nur von der anderen Seite kommend, auf die Hütte zueilte. Und sie fielen sich in die Arme und drückten sich ganz fest. Ellen beobachtete all das vom Fenster der Hütte und kochte einen starken Kaffee. Das Widersehen war riesig und die drei Frauen schienen wie ausgewechselt. Doch sie schwiegen, erzählten nichts von ihrem amourösen und eindrucksvollen Erlebnis im Wald. Sie sprachen nicht von dem jungen fremden Mann, der ihnen erschienen war und der sie so beeindruckt hatte. Denn jede wusste es, dass es die andere doch nicht verstehen würde. Andererseits verstanden sie sich gerade jetzt so gut, dass ein Mann wohl nichts daran ändern könnte. Nachdem sie ihren Kaffee getrunken hatten, schauten sie sich wortlos an. Lola brachte dieses merkwürdige Schweigen auf den Punkt und meinte, dass es an der Zeit wäre, heim zu fahren. Zuhause würde man sich sicherlich schon um sie sorgen. Und sie packten ihre Reisetaschen, ließen jedoch das Gekaufte in der Hütte zurück. Nur den Laptop nahmen sie mit, denn dort hatten sie ihre geheimsten Gedanken in ein persönliches Tagebuch geschrieben. Sie zogen sich an und fielen sich noch einmal in die Arme. Dann fuhren sie in den Ort. Lange schauten sie zu ihrer schicksalhaften Hütte zurück. Sie waren so froh, in diesem Wald aufeinander gestoßen zu sein. Die Sonne schien und es versprach, ein guter Tag zu werden. Im Ort schließlich trennten sich ihre Wege. Als sie sich verabschiedeten, hatten sie Tränen in den Augen. Doch sie wussten, dass es sein musste, dieser Aufbruch in ein neues Leben.

Monate später trafen sie sich noch einmal in dem kleinen Ort und wollten sich berichten, wie es ihnen ergangen war. Und so seltsam es sich anhören mochte, sie hatten ihr Leben wieder fest im Griff und sie hatten die Kraft, etwas zu ändern. Noch einmal fuhren sie die weite Strecke in den Wald, um nach ihrer Hütte zu sehen, die sie einst zusammenführte. Doch so sehr sie auch suchten, die Hütte fanden sie nicht mehr. Irgendwo auf einer Lichtung entdeckten sie die Überreste ihrer verbrannten alten Handys. Da hielten sich die drei aneinander fest und wussten, dass sie wohl auf dem richtigen Wege waren. Sie liefen noch ein letztes Mal durch den Wald und erinnerten sich schweigend. Und als sie schließlich hoffnungsvoll in den Himmel schauten, flog ein seltsam schimmernder Vogel über ihre Köpfe hinweg. War es ein Falke, ein Bussard, ein Traum vielleicht? Die drei wussten es nicht, schauten diesem seltsamen Vogel noch lange nach und als er in der Ewigkeit verschwand, leuchteten seine merkwürdigen silbernen Flügel noch ein letztes Mal hell auf.

Das Licht

Guss lebte seit vielen Jahren in der großen Stadt San Francisco. Er war ein Gemüseverkäufer und besaß einen kleinen Laden dort. Seit Generationen hatte sich dieser Gemüseladen weitervererbt.

Allerdings liefen seit Monaten die Geschäfte nicht sonderlich gut und er dachte bereits darüber nach, den Laden aufzugeben. Nur müsste er dann auch sofort alle Kredite, die auf diesen Laden liefen, zurückzahlen. Das jedoch konnte er nicht und so hielt er sich mit Mühe und Not über Wasser. Auch konnte er diesen Laden, den er doch so sehr liebte, nicht in fremde Hände geben. Leisten konnte er sich schon lange nichts mehr und er lebte eigentlich nur von der Hand in den Mund. Er glaubte auch nicht an Gott, denn der ließ es ja zu, dass es ihm so schlecht ging. So lebte er halt mehr schlecht als recht und ohne große Reichtümer zwischen Möhren und Tomaten und glaubte nicht daran, dass es jemals anders werden würde. An einem diesigen Dezemberabend lief er mal wieder nachdenklich die Clay Street entlang und schaute sich die hell erleuchteten Schaufenster der teuren Läden an. Ja, diese Leute hatten es geschafft und konnten glücklich sein. Und sehnsüchtig schaute er in den Himmel über sich. Doch da sah er nur Nebel und sonst nichts. Alles in seinem Leben erschien ihm irgendwie undurchsichtig und unklar. Mutlos setzte er sich auf eine Bank und beobachtete die Leute, die an ihm vorüber liefen. Und irgendwie fühlte er sich vergessen in dieser hektischen Welt. Er glaubte, dass er das alles nicht mehr schaffen könnte und wäre am liebsten niemals wieder aufgestanden. Da sah er ein winziges Licht, wie es neben ihm auf der Bank hin und her tänzelte. Er rieb sich seine Augen, doch das Licht blieb. Sollte er jetzt schon verrückt werden? Und obwohl er sich zwang, dem Licht auszuweichen, starrte er doch immer wieder dorthin. Es schien, als ob sich dieses kleine Licht ein wenig lustig über ihn machte. Immer wieder tanzte es auf und nieder und manchmal stupste es ihn leicht an. Aber er spürte nichts davon, trotzdem war es ihm aufgefallen. Schließlich stand er auf und lief ein paar Schritte. Doch das Licht folgte ihm. Egal, wohin er auch ging, immer war das Licht neben ihm. So langsam gewöhnte er sich daran und es schien ihm sogar Spaß zu machen, mit diesem Licht durch die Straßen zu laufen. An einem Kiosk blieb er stehen und fragte die Verkäuferin, ob sie irgendetwas neben ihm bemerkte. Doch die Dame schaute ihn nur misstrauisch an und schüttelte mit dem Kopf. Dann sagte sie, dass er sie nicht veralbern sollte, sie könnte nichts neben ihm entdecken.

Da wusste er, dass offensichtlich nur er dieses Licht sehen konnte. Aber wieso sah er es? Warum war es plötzlich da und wich ihm nicht mehr von der Seite? Er konnte sich das nicht erklären und ging noch einmal zu seinem kleinen Gemüseladen. Und kaum war er im Geschäft, begann das kleine Licht durch alle Regale zu tanzen und flog von der Kasse bis hin zu den Waagen, die überall herumstanden.

Es hatte offenbar seine helle Freude, diesen Laden zu besichtigen. Guss wurde immer fröhlicher und seine Laune besserte sich von Minute zu Minute. Er lachte und tanzte mit dem Licht durch sein Geschäft. Da kullerten die Tomaten durch die Gänge und der Sellerie flog durch die Luft. Das Licht schien mit ihm spielen zu wollen und die beiden konnten sich gar nicht mehr beruhigen. Das Schauspiel dauerte beinahe die ganze Nacht und als sich Guss müde hinter seine Kasse setzte, kam das Licht auf seinen Schoß und wärmte ihn ein wenig. Es verhielt sich wie ein guter Freund, der sich um ihn sorgte. Plötzlich erhob sich das Licht und flog zu einer Seitentür. Dahinter befand sich ein winziger Lagerraum. Doch Guss hatte dort nicht sehr viel zu lagern, weil die Kühlung längst nicht mehr funktionierte und er das Geld nicht hatte, die Kühlaggregate reparieren zu lassen. Deswegen nutzte er ihn nur noch als Abstellkammer. Das Licht zwängte sich durch die undichte Tür und Guss lief ihm hinterher. In dem kleinen Lagerraum roch es modrig und muffig, sodass Guss eigentlich gleich wieder rausgehen wollte. Doch das Licht schien das nicht zu wollen, es tanzte an den Wänden auf und nieder und schien hindurch zu wollen. Als Guss schon in der Tür stand, setzte sich das Licht auf den Fußboden vor ihn und rührte sich nicht mehr. War es beleidigt, dass er hinaus gehen wollte? Das Licht erhob sich wieder und tanzte erneut an der Wand herum. Guss wurde stutzig und beobachtete es noch eine Weile. Als es nicht mehr von dieser Wand wich, kam Guss ein Gedanke: Vielleicht verbarg sich ja ein Geheimnis hinter dieser Wand? Aber welches Geheimnis sollte dort schon sein? Es war eben nur eine schmutzige schiefe Wand. Trotzdem ging er zu dem Licht und pochte mehrmals gegen diese vermeintlich bedeutungslose Wand. Und es hörte sich irgendwie hohl an, so, als sei etwas dahinter. Hatte hier jemand etwas versteckt? Das Licht flog immerzu um diese Stelle herum und gab einfach keine Ruhe. Guss holte sich seinen Werkzeugkasten, den er wegen der Reparaturen, die er längst selbst ausführte, stets in Griffweite hatte und nahm sich einen Hammer zur Hand. Damit pochte er auf der Stelle herum, die sich am hohlsten anhörte. Immer heftiger schlug er dagegen und schließlich gab die Wand nach.

Es war nur ein Holzbrett, welches einen weiteren Durchgang freigab, der sich dahinter befand. Guss drückte das Brett beiseite und brauchte nur hindurchzutreten, da stand er auch schon in einem weiteren, noch viel kleineren Raum als der Lagerraum war. Genau vor ihm stand ein niedriges altes Schränkchen, sonst war nichts in diesem Raum. Das Schränkchen besaß drei Schubladen. Guss öffnete eine und fand dutzende von alten Wertpapieren, die irgendjemand dort aufbewahrt hatte. „Wem die wohl gehörten", fragte er sich. Doch dann öffnete er die zweite Schublade und fand mehrere Bündel Dollarnoten. Staunend nahm er das viele Geld an sich und zähle es, es waren fünfzigtausend Dollar. Vorsichtig legte er es jedoch wieder zurück, weil es ihm ja nicht gehörte. Kopfschüttelnd öffnete er die dritte Schublade und fand dort ein kleines Büchlein vor. Er holte es aus dem Kasten und schlug es auf. Die Kritzeleien konnte er jedoch nicht entziffern. Ganz hinten in dem Büchlein steckten jedoch einige alte Fotos. Guss schaute sie sich an und erstarrte vor Schreck. Denn die Person, die er auf dem Foto erkannte, war sein Großvater. Und plötzlich erinnerte er sich an seine Kinderzeit, als Großvater diesen Laden führte. Von seinem bisschen Ersparten hatte er diesen Laden erworben und aufgebaut. Dass es dieses Hinterzimmer gab, hatte Großvater nie erwähnt. Sicher hatte er es absichtlich geheim gehalten, um sicher zu gehen, dass keiner hineinging und die Wertpapiere fand. Die ganze Nacht hindurch saß Guss neben dem Licht und schaute sich die alten Fotos an. Er versuchte, in dem kleinen Büchlein irgendetwas zu entziffern. Und bei so mancher Zeile gelang ihm das auch. Es waren wohl viele Erlebnisse, die sein Großvater damals mit Großmutter hatte. Denn auch ihre Fotos entdeckte Guss in dem kleinen Büchlein. Am nächsten Morgen brachte er die Wertpapiere zur Bank Und dort bekam er den Schock seines Lebens. Sie waren fünfhunderttausend Dollar wert. Das Geld nahm er, um den Laden von Grund auf sanieren zu lassen. Und vom Bargeld, welches ebenfalls in dem Schränkchen lag, unternahm er eine kleine Reise. Und immer begleitete ihn das kleine Licht. Eines Tages, als Guss wieder in seinem Laden stand, spürte er, dass etwas anders war als sonst. Das Licht schwebte andauernd an der Eingangstür auf und ab. Was hatte das zu bedeuten? Doch wenig später wusste er es- das Licht wollte sich von ihm verabschieden. Es flog noch einmal zu Guss an die Kasse und formte sich plötzlich zu einem Gesicht. Da musste Guss weinen, denn es war das Gesicht seines Großvaters. Schließlich flog das Licht hinaus und verschwand im wolkenlosen Himmel. Guss war so glücklich, seinen Großvater noch einmal gesehen zu haben. Sein Geist war noch einmal zu ihm zurückgekehrt, um ihm das Hinterzimmer zu zeigen. Und weil er fortan an Wunder glaubte, ging er das erste Mal in die Kirche und betete zu Gott. Da brachen alle Dämme und er spürte eine unglaubliche Wärme in seinem Herzen und ein kleines Licht flog vom Alter zu ihm hin. Und in diesem magischen Augenblick wusste er, dass er hier in der Kirche seinem Großvater immer nahe sein würde.

Der Engel der Freiheit

Peter lebte allein irgendwo in Texas auf dem Lande. Und er hatte sich längst mit seinem Schicksal abgefunden, denn er fand einfach keine Arbeit mehr. Immer wieder bekam er zu hören, dass er zu alt sei oder dass man sich doch für einen anderen Bewerber entschieden habe. So ging ihm irgendwann das Geld aus und er musste sich mit Gelegenheitsjobs mühsam über Wasser halten. Seine Eltern lebten nicht mehr und er musste sehen, wie er sein Leben meisterte. Nicht immer kam jemand aus der Nachbarschaft und erbarmte sich seiner. Doch zur Kirche wollte er dennoch jeden Sonntag. Meryl, eine sehr nette junge Frau holte ihn jedes Mal von daheim ab und gemeinsam fuhren sie dann in die Kirche. Mit der Zeit hatte er sich an Meryl gewöhnt und sie lernten sich näher kennen. Es blieb ja auch nicht aus, denn der Gottesdienst in der Kirche brachte sie zusammen. Außerdem war sie die einzige Person, die keine Schwierigkeiten mit Peters ewiger Arbeitslosigkeit hatte. Es kam die Zeit, da konnten sie nicht mehr voneinander lassen. Meryl wollte ihren kleinen Landwirtschaftsbetrieb aufgeben, um für immer mit Peter zusammen zu ziehen. Doch dazu sollte es nicht kommen. Schon im Radio vernahm Peter die furchterregende Nachricht, dass aus einem ganz in der Nähe befindlichen Strafgefängnis ein bereits verurteilter Mörder ausgebrochen sei. Er war auf der Flucht und überall wurde er von der Polizei gesucht. Und es kam noch schlimmer – ausgerechnet dieser Mann stand eines Nachts vor Peters kleinem Häuschen. Als er dummerweise von einem jungen Mann auf der Straße erkannt wurde, verfolgte der Mörder diesen Mann und holte ihn schnell ein. Als der gerade die Polizei anrufen wollte, erschlug ihn der Täter. Die Leiche zerrte er in Peters Hauseingang und legte sie dort ab. Dann rief er bei der Polizei an und teilte den Beamten mit verstellter Stimme mit, dass er den gesuchten Täter gesehen habe. Er teilte den Beamten Peters Adresse mit und verschwand. Peter konnte von alldem nichts ahnen. Er lag in seinem Bett und konnte nicht sehen, welches Übel sich seinem Hause näherte. Die schnell eintreffenden Beamten fanden schließlich die Leiche vor und nahmen Peter fest. Und das Allerschlimmste war, dass Peter dem wahren Täter wie aus dem Gesicht geschnitten ähnlichsah. Er konnte sich überhaupt nicht gegen die Anschuldigungen zur Wehr setzen, denn der echte Täter hatte vorgesorgt. Nachdem er die Leiche in Peters Haus verbracht hatte, blieb ihm noch genügend Zeit, um sich Peters Ausweispapieren zu bemächtigen und stattdessen gefälschte Dokumente dort zu hinterlassen. Für Peter gab es kein Entrinnen mehr. Und als Meryl am Tag darauf zu Peter kam, fand sie ihn dort nicht mehr vor. Sie nahm an, dass er verreist war, ohne ihr etwas zu sagen und fuhr enttäuscht wieder zu sich nach Hause. Peter wurde in Untersuchungshaft genommen und es war der absolute Alptraum für ihn. Von einem mehr oder weniger erträglichen Leben war er in der sprichwörtlichen Hölle gelandet. Er konnte nichts mehr essen und es ging ihm von Tag zu Tag schlechter. Irgendwann kam es zu einer Verhandlung und er wurde für „schuldig" gesprochen. Sein Ende war besiegelt und er landete als verurteilter Mörder in einer Todeszelle. Wie in Trance ertrug er dieses fürchterliche Schicksal. Seine Gedanken aber kreisten bereits um Friedhöfe, den Teufel und das Verderben. Und dabei dachte er immer wieder an Meryl. Wie würde es ihr wohl ergangen sein? Sicher würde sie glauben, dass er nichts mehr von ihr wissen wollte. Von Tag zu Tag wurde er depressiver und weil er bereits von Selbstmord faselte, entschloss man sich schließlich, ihn vorerst in einem psychiatrischen Krankenhaus unterzubringen. Doch auch dort war es die Hölle auf Erden für ihn. Er fand sich unter wahnsinnigen Straftätern und dem stupiden Einerlei des Alltags in einer solchen Klinik wieder. Dort schienen die restlichen Hoffnungen vollends zu sterben. Die starken Medikamente ließen ihn durch die Tage gleiten und er gab sich langsam auf. Eines Nachts jedoch hatte er einen seltsamen Traum. Er sah sich in seinem Krankenzimmer liegen. Vor den Fenstern spannte sich der dicke Stacheldraht und grässlich entstellte Monster liefen mit langen Messern bewaffnet auf den Gängen umher. Plötzlich entstieg aus dem Himmel ein goldener Engel herab.

Er flog geradewegs durch die Gitterstäbe und den todbringenden Stacheldrahtzaun hindurch, geradewegs in Peters Krankenzimmer. Dort löste er die Fesseln und ergriff Peter. Dann verschwand er mit ihm zusammen aus diesem entsetzlichen Moloch hinauf in den sternenklaren Himmel. Und Peter fühlte sich bei diesem Traum so unendlich frei. Es war ganz merkwürdig, aber alles erschien ihm so real. Es war, als erlebte er das alles in Wirklichkeit. Doch als er seine Augen aufschlug, fand er sich in seinem furchtbaren Kerker wieder. Dennoch fasste er plötzlich den Entschluss, sich nicht noch länger unterkriegen zu lassen. Er wollte unter gar keinen Umständen aufgeben und seine vorangegangene Depression wich einer unerklärlichen Stärke. Jeden Abend kniete er nieder und betete vor dem vergitterten Fenster. Ihm war vollkommen egal, was Aufseher dazu meinten. Ihm war wichtig, den Glauben an das Gute nicht zu verlieren. Er konnte sich nicht erklären, woher diese Kraft kam, doch es fühlte sich gut an. Zum ersten Mal nach diesen entsetzlichen Erlebnissen hatte er wieder die nötige Kraft und die Hoffnung all das durchzustehen. Schon bald wurde er als „geheilt" ins Gefängnis zurückverlegt. Und dort tat er einfach das, was er all die vielen Tage zuvor schon getan hatte, er betete und hoffte. Eines Nachts, als er sich zum Schlafen auf seine Pritsche legte, schaute er noch lange aus dem vergitterten Fenster nach draußen. Er sah den sternenklaren Himmel und bemerkte plötzlich, wie eine hell leuchtende

Sternschnuppe über das Himmelszelt zog. Doch sie verlosch nicht, nein, sie wurde heller und heller. Und schließlich kam sie auch näher. Peter stand auf und beobachtete die vermeintliche Sternschnuppe von seinem Fenster aus. Wie ein Raumschiff aus einer anderen Galaxie sank die Sternschnuppe zur Erde herab. Und Peter konnte es kaum glauben, der Himmelskörper kam bis vor sein Fenster geflogen und schwebte dort minutenlang auf und ab. Peter war geblendet von der Helligkeit, doch er wunderte sich, dass niemand sonst Notiz von dieser Erscheinung nahm. Wie konnte das nur sein? Es war doch beinahe so hell wie am Tag. Warum bemerkte das keiner? Doch er konnte sich nicht mehr weiter wundern, denn plötzlich zischte es und wie ein Laser durchschnitt ein scharfer Lichtstrahl die Gitterstäbe seiner Zelle. Im Nu war das Gitter verschwunden und die Sternschnuppe verwandelte sich vor Peters Augen in einen Engel. Der lächelte ihn an und gab ihm Zeichen, sich an seinen Flügeln festzuhalten. Peter tat dies und war sofort von grellem, aber angenehmem Licht umgeben. Doch es war ganz seltsam, dieses Licht war so unglaublich behaglich, dass er die Flügel nie wieder loslassen wollte. In diesem Rausch bemerkte er gar nicht, wie sich der Engel blitzartig in die Lüfte erhob und durchs Universum flog. Peter sah nur dieses helle märchenhafte Licht um sich herum und glaubte sich bereits im Zauberland. Wie war das nur möglich? War das wirklich ein Engel oder nur die Aliens, die ihn entführen wollten? Aber er spürte so viel Liebe und Zuneigung beim Anblick des wohltuenden Lichts, dass er diesen Gedanken schnell wieder vergaß. So etwas Unfassbares konnte nur ein Engel vollbringen. Und die beiden glitten durch Raum und durch Zeit und Peter vergaß alles, was ihn einst so belastete. Er vergaß den Kerker und die vielen Niederlagen und schlimmen Erlebnisse der letzten Tage. Er sah nur diesen zauberhaften Engel und plötzlich tauchte das Bildnis einer wunderschönen Frau vor ihm auf. Es war Meryl, die ihn da anlächelte. Wo kam sie nur her? War sie ebenfalls mit diesem Engel geflogen? Doch so schnell wie ihr makelloses Gesicht erschienen war, verschwand es auch schon und das Licht um ihn herum verschwand. Er bemerkte, dass er die ganze Zeit seine Augen geschlossen hatte, wie konnte er da nur all das sehen? Die beiden waren in einem dichten Wald gelandet. Und der Engel schaute Peter mit seinen großen Augen an, und er lächelte wieder so vertrauensvoll. Peter hatte Tränen in den Augen und konnte nicht glauben, was da mit ihm geschehen war. Er war frei und hatte gar nichts dafür tun müssen. Aber er wusste auch, dass er unschuldig in Haft gesessen hatte. Nur, was würde wohl geschehen, wenn man bemerkte, dass er geflohen sei? Da sprach der Engel plötzlich zu Ihm: „Bleibe drei Tage und drei Nächte in der Hütte dort vorn unter den Bäumen. Dann komme ich und hole Dich ab. Und Du wirst frei sein." Peter nickte nur ungläubig und der Engel erhob sich und flog davon. Etwas weiter vor sich entdeckte er tatsächlich diese Hütte.

Es war ein winziges Holzhäuschen, das halb verfallen zwischen dichtem Buschwerk und hohen Bäumen stand. Peter ging darauf zu und öffnete die knarrende Tür. Darin befanden sich nur ein Bett und ein Tisch. Weder fand er etwas zu essen noch zu trinken. Wie sollte er ohne all diese lebensnotwendigen Dinge überleben? Er legte sich erst einmal aufs Bett. Dort jedoch schlief er schließlich hundemüde und erschöpft ein. In seinen Träumen konnte er nicht sehen, dass er drei Tage und drei Nächte durchschlief. Und als ihn jemand auf die Wange küsste, glaubte er, der Engel sei zurückgekommen. Verzückt öffnete er seine Augen und blickte in das lächelnde Gesicht von seiner geliebten Freundin Meryl. Sie stand vor ihm und wunderte sich, dass er so lange geschlafen hatte. Peter wollte ihr gerade von dem märchenhaften Engel berichten und sie fragen, wie sie den Weg in den Wald zu dieser seltsamen alten Hütte gefunden hatte. Doch als er sich umschaute, konnte er es nicht fassen. Er befand sich in einem komfortablen Hotelzimmer und all seine Sachen lagen wohl geordnet auf einem kleinen Schränkchen gegenüber vom Bett. Meryl hatte die Zeitung in der Hand und hielt sie freudestrahlend in die Höhe. „Du bist frei!", rief sie laut. Und ehe Peter überhaupt begreifen konnte, was da vor sich ging, sprach sie weiter: „Man hat den richtigen Täter auf frischer Tat gestellt und bei ihm Deinen Ausweis gefunden, Er hat bereits

alles gestanden und sitzt in Untersuchungshaft."
Peter konnte es nicht glauben. Konnte es wirklich
wahr sein, was er da hörte? War er wirklich frei?
Ihm schien das Ganze derart unwirklich, dass er
sich erst einmal in den Arm zwicken musste.
Doch als das wehtat, wusste er, dass er nicht
mehr träumte. Alles war real. Und er erinnerte
sich an das, was der Engel zu ihm sagte. Er
musste tatsächlich drei Tage und Nächte durch-
geschlafen haben. Aber warum war er zwischendurch nicht aufgewacht? War er wirklich so müde? Und warum kam der Engel nicht noch einmal zu ihm? Er wollte sich doch so gern bei ihm
bedanken. Aber der Engel kam nicht mehr. Und
außerdem war Meryl bei ihm. Die beiden umarmten sich und küssten sich schließlich heiß
und innig. Sie wussten, dass sie füreinander bestimmt waren. Dieses fantastische Wunder, welches er erleben durfte, hatte er nur diesem Engel
zu verdanken. Doch waren es nicht auch seine
grenzenlose Hoffnung und seine unbändige
Kraft, die ihn zu dieser Schicksalswendung gebracht hatten? Nur sein starker Wille, leben zu
wollen und die Kraft, alles durchzuhalten, be-
lohnte ihn schließlich. Und der Engel war am
Ende nur ein Produkt seiner Seele, seiner wundervollen Träume, oder? Er wollte nicht weiter
darüber nachdenken. Er war froh, dass er dieses
Glück haben durfte und ein solch unglaubliches
Wunder erleben konnte. Er hatte zu seinem Leben zurückgefunden und er dankte Gott für dieses neue neben. Peter und Meryl wurden ein

Paar und lebten glücklich in der großen Stadt. Und Peter genoss jeden Tag sein neues Leben. Er war sich ganz sicher, dass es Engel gab. Man musste nur ganz fest daran glauben. Und außerdem lebte er ja nun dort, wo es leichtfiel, daran zu glauben. Er war in Los Angeles, der Stadt der Engel.

Die Fremde im Lift

Clark lebte seit drei Jahren in Washington D.C. und so langsam begann er sich furchtbar zu langweilen. Denn nach all den vielen Jahren seines Studiums und den Berufsjahren als Chemiker fand er, dass sein Leben irgendwie keinen rechten Sinn hatte. Er sehnte sich nach einer jungen Frau und nach einem Sohn. Doch er fürchtete sich davor, ein Familienleben und die damit verbundenen Verpflichtungen einzugehen. Und doch war da etwas in seinem Herzen, das er sich nicht erklären konnte. Es schien wie eine undefinierbare Wärme zu sein, die sich von Tag zu Tag intensiver in ihm ausbreitete. Er verstand das als Zeichen und glaubte, eine Bekanntschaft stünde unmittelbar bevor. Und so nahm er sich eines Abends vor, zu einem Tanz für Alleinstehende zu gehen. Natürlich sollte dieser Abend ganz besonders schön werden. Schon am Nachmittag stand er deswegen vor seinem Kleiderschrank und probierte die alten Anzüge an, die ihm längst nicht mehr passten. Als er sich vor seinem Spiegel drehte und immer wieder feststellen musste, dass ihm die alten Sachen viel zu knapp geworden waren, bemerkte er einen sonderbaren Schatten. Er schien direkt hinter ihm zu stehen und hatte Ähnlichkeit mit einem Menschen. Clark rieb sich die Augen und glaubte, eine Halluzination zu haben. Und weil der Schatten schließlich verschwand dachte er auch nicht weiter darüber nach. Allerdings konnte er sich für keinen seiner Anzüge entscheiden und so blieb es bei einer Jeans und einem weißen Hemd. Er fand es plötzlich gar nicht mehr so wichtig, sich für den bevorstehenden Abend aufzumotzen. Womöglich war der ganze Aufwand ohnehin umsonst. Er schloss den Kleiderschrank, zog sich seine Jacke über und verließ die Wohnung. Als er im Fahrtsuhl stand, um die zwanzig Etagen nach unten zu fahren, bemerkte er in einem Spiegel, der gleich neben der Aufzugstür hing wieder diesen seltsamen Schatten. Diesmal konnte er sogar erkennen, dass es eine junge Frau war. Sie stand vor einem Fenster und sah sehr traurig aus. Aber um wen es sich bei der Person handelte, wusste er nicht. Dafür lief eine rote Flüssigkeit ganz langsam an der Aufzugstür herunter. Clark trat näher an die Tür heran und betrachtete sich die Flüssigkeit. Sie war rot und Clark erschrak sich fürchterlich. Er vermutete, dass es sich dabei um Blut handeln musste. Plötzlich ruckte der Aufzug und das Licht fiel aus! Als es sich wieder einschaltete, waren der Schatten und die merkwürdige Flüssigkeit verschwunden. Die Tür öffnete sich und Clark lief hinaus auf die Straße. Es war nicht sehr weit bis zu jenem Club, in welchem der Tanzabend für Singles stattfand. Und so ließ Clark den Wagen stehen und lief die paar Meter bis zum Club. Plötzlich vernahm er ein seltsames Geräusch und als er sich umschaute, bemerkte er, dass aus einem Fenster in der dritten Etage eines Hauses riesige Flammen schlugen. Clark überlegte nicht lange und rannte zu dem Haus. Er vernahm Stimmen und als er hinaufschaute, sah er einen kleinen Jungen, der auf einem Balkon stand und um Hilfe rief. Clark versuchte, die Haustür einzutreten und nachdem es ihm schließlich gelungen war, rannte er durch das verqualmte Treppenhaus bis in die dritte Etage. Offenbar lebte in dem alten Haus keiner mehr, denn nirgends sah er ein Namensschild und so manche zerschlagene Wohnungstür stand offen. Während Clark die morschen Stufen nach oben lief, zog er sich seine Jacke aus und hielt sie sich vor den Mund. Denn der dicke Rauch stach entsetzlich in seinen Augen und vor der Wohnungstür konnte er kaum noch etwas erkennen. Das Hauslicht fiel aus und hinter einer Glasscheibe sah er die lodernden Flammen. Entschlossen trat er die Tür ein und bemerkte, dass sich die Flammen schon bis auf den Flur gefressen hatten. Eine Tür war noch unbehelligt und Clark rannte in das Zimmer. Dort entdeckte er eine leblos am Boden liegende junge Frau, und draußen auf dem Balkon stand der kleine Junge. Clark stürmte auf den Balkon, schnappte sich den Kleinen und brachte ihn ins Treppenhaus. Dort wies er ihn an, die Treppe nach unten zu laufen und in der Haustür zu warten. Dann eilte er zurück und zog die junge Frau im allerletzten Moment aus dem Zimmer. Er trug sie über den bereits brennenden Flur bis ins Treppenhaus. Dann rannte er die Stufen hinunter und hörte nur noch, wie die

Flammen knirschend ins Treppenhaus brachen. In der Haustür wartete der kleine Junge.

Er weinte bitterlich und seine Tränen liefen in dicken Bahnen über sein verrußtes Gesicht. Clark brachte die junge Frau bis zu einer angrenzenden Wiese und aus der Ferne vernahm er die Sirenen der Feuerwehr. Schon bald standen dutzende Feuerwehrautos vor dem brennenden Haus. Die Feuerwehrleute hatten alle Hände voll zu tun, den Brand, der drohte das ganze Haus in sich zu verschlingen, zu löschen. Unterdessen war die junge Frau zu sich gekommen und öffnete ihre wunderschönen braunen Augen. Der kleine Junge stand neben ihr und Clark versuchte, ihn zu trösten. Er nahm ihn in seine Arme und hielt ihn ganz fest. Dann kümmerte er sich um die junge Frau, die noch immer nicht begriffen hatte, was geschehen war. Clark versuchte, ihr alles zu erklären und er erfuhr schließlich, dass es eine Gasexplosion in der Wohnung gegeben hatte. Dabei musste sie ohnmächtig geworden sein und nur ihr kleiner Sohn, der gerade aus dem Keller kam, blieb unversehrt. Schnell griffen die Flammen um sich und der Kleine stand hilflos auf dem Balkon und schrie verzweifelt um Hilfe. Er wollte seine Mutter nicht allein lassen, konnte ihr aber auch nicht helfen, weil sie leblos auf dem Boden lag. Nur Clarks schnellem Eingreifen war es zu verdanken, dass die beiden gerade noch rechtzeitig gerettet werden konnten. Er verliebte sich in die schöne junge Frau und die beiden heirateten schließlich und wurden ein glückliches Paar. Denn Clark hatte sie längst erkannt! Es war die junge Frau, die ihm am Unglückstag im Fahrstuhl erschienen war.

Weihnachten an „Ausfahrt 77"

Das Schneetreiben nahm einfach kein Ende mehr. Immer dichter verwehte der immer stärker werdende Sturm die riesigen Flocken und Susan musste das Scheinwerferlicht ihres Wagens abblenden, um überhaupt noch etwas zu erkennen. Mit aller Macht krachten die Sturmböen in ihr Fahrzeug und es schien beinahe unmöglich weiterzufahren. Sonderbarerweise schien sie plötzlich ganz allein auf der Autobahn zu sein. Allerdings verwehrte der tosende Blizzard ohnehin, dass sie die Scheinwerfer anderer Fahrzeige wahrnehmen konnte. Längst fuhr sie nur noch Schritttempo, und da bemerkte sie es, dieses etwas windschiefe Schild, welches auf die „Ausfahrt 77" hinwies.

„Da muss ich mal raus", rief sie laut und ihre Entscheidung schien goldrichtig zu sein. Denn plötzlich krachte ein riesiger Baumstamm mitten auf die Fahrbahn und versperrte den Weg. Susan aber fuhr die „Ausfahrt 77" von der Autobahn ab. Die Straße allerdings wurde schmaler und schmaler und mündete schließlich in einen unbefestigten Weg. Der führte geradewegs in ein dichtes Waldstück. Dort ging es nicht mehr weiter und Susan nahm an, dass es sich um einen kleinen Waldparkplatz handelte. Nur war sie ganz alleine dort.

„Nicht einmal den Schnee hat einer weggeräumt", murrte sie in sich hinein.

Als sie den Motor des Wagens ausgeschaltet hatte, vernahm sie das Donnern und Tosen des Sturmes, der sich in den zahllosen Tannen verfing und die Schneewolken wie eine riesige Herde vor sich hertrieb. Susan hustete und dachte an ihre Eltern. Eigentlich war sie auf dem Weg zu ihnen und wollte unbedingt abends, zum *Heiligen Abend*, dort sein. Aber nun? Es war so dunkel, dass sie glaubte, es sei schon tiefste Nacht. Nervös kramte sie ihr Handy aus der Tasche. Doch es war wie verhext, an diesem verlassenen Ort gab es einfach kein Netz. Aussteigen wollte sie nicht, denn der Sturm war einfach zu stark. So kippte sie die Lehne ihres Sitzes nach hinten, legte sich gemütlich in das entstandene bettähnliche Gebilde und schloss ihre Augen.

Zur gleichen Zeit war auch Familie Miller, Ron, Lena und der kleine Tim, auf dem Weg nach Hause. Und auch sie benutzten jene Autobahn, auf welcher schon Susan gefahren war. Auch sie wunderten sich, dass sie plötzlich ganz allein unterwegs waren. Schließlich fanden sie die winzige „Ausfahrt 77", welche auch Susan genommen hatte, um den Blizzard abzuwarten. Familienvater Ron schimpfte und Lena, seine Frau, versuchte, den Frieden wiederherzustellen.

„Dann schaffen wir es eben nicht", zischte sie, „Den Weihnachtsbaum können wir morgen immer noch aufstellen!"

Langsam glitt der Wagen unter den mit Schnee bedeckten Tannen entlang und erreichte den winzigen Parkplatz, wo auch Susan stand.

„Schaut mal", rief Tim, der kleine Sohn der Familie, laut, „dort steht noch ein Auto!"
Ron hatte es ebenfalls bemerkt und hielt den Wagen an. Lena musste kichern und sagte mit bebender Stimme: „Das sich hierher noch jemand verirrt hat, unfassbar."
Die kleine Familie starrte aus dem Wagen in das wilde Schneegestöber und hatte das Weihnachtsfest, den Heiligen Abend, längst abgeschrieben.
Plötzlich ließ der Sturm nach und Ron wollte den Wagen wieder starten. Doch aus irgendeinem Grund funktionierte etwas nicht.
„Auch das noch!", rief er entnervt und stieg aus. Auch Susan hatte wohl mitbekommen, dass der Sturm vorüber war und wollte abfahren. Und auch ihr Wagen streikte. Immer wieder versuchte sie es und starrte dabei genervt zu dem anderen Wagen, dem es ebenso erging. Ron zuckte hilflos mit den Schultern und lehnte sich kopfschüttelnd an seinen Wagen. Nun stiegen auch der kleine Tim und seine Mama Lena aus und sprangen vergnügt durch den Schnee. Die beiden schien es gar nicht zu stören, dass sie an diesem merkwürdigen verlassenen Orte festsaßen. Im Gegenteil, sie freuten sich und trällerten ein Weihnachtslied nach dem anderen. Susan stieg ebenfalls aus ihrem Auto und rief: „Es hat wohl wenig Sinn, in den Motorraum zu sehen! Oder haben Sie Ahnung?" Damit schaute sie zu Ron, der immer wieder mit den Schultern zuckte.
„Wissen Sie was", rief Lena, „wir haben einen Weihnachtsbaum dabei. Den haben wir eigent-

lich für heute Abend besorgt, es war der letzte, ein bisschen schief zwar, aber egal. Wollen wir ihn hier aufstellen?"

Tim rief laut: „Ja, das wär wirklich schön", und Susan nickte, während sie sich die kalten Hände rieb.

„Ich habe Streichhölzer dabei, und wenn wir ein bisschen Reisig sammeln, das halbwegs trocken ist, könnten wir uns ja ein Lagerfeuer machen."

Susan fand diese Idee großartig und holte die Flasche Sekt, die eigentlich für ihre Eltern bestimmt war, aus dem Wagen.

„Und die trinken wir dazu!", rief sie laut.

„Schade, dass wir nichts zu essen dabeihaben", meinte Ron. Und während die anderen nach trockenem Reisig suchten, holte Susan die Becher ihres Saftservice aus dem Wagen.

„Das war eigentlich ein Geschenk für meine Eltern, für den Sommer, wenn sie im Garten ihres kleinen Häuschens sitzen. Komisch, nun muss es ausgerechnet im Winter ausprobiert werden!"

Lena und Ron mussten kichern und Tim sprang immer wieder durch den meterhohen Schnee, um sich in besonders hohe Haufen einfach fallen zu lassen. Es dauerte nicht lange, da hatten sie eine Menge Holz gesammelt und Ron versuchte, das Lagerfeuer zu entfachen. Doch so sehr er sich auch mühte, das Feuer wollte nicht entstehen.

Plötzlich knackte es laut. Die Vier zuckten zusammen!

„Haben Sie das gehört? Was war das?", rief Lena.

„Ist vielleicht ein Bär oder ein noch wilderes Tier!", entgegnete Susan und musste lachen. Den anderen Dreien aber war es nicht nach lustig sein. Sie verzogen sich in ihren Wagen und schauten von dort ängstlich in die Dunkelheit. Plötzlich bohrten sich zwei Scheinwerferkegel in die Nacht und ein drittes Fahrzeug rollte heran. Es war ein winziges altes Auto, welches klapperte und quietschte. Es schien wohl ebenfalls nicht mehr weiterfahren zu wollen und hielt schließlich neben den anderen beiden Autos an. Kaum war der Motor aus, sprang ein junger Mann aus dem Wagen. Der stöhnte laut und rief aus voller Kehle: „Was für ein blöder Abend! Das hatte gerade noch gefehlt!"

Nun kamen auch die anderen aus ihren Autos und gesellten sich zu dem Neuankömmling.

„Ist die Autobahn immer noch dicht", erkundigte sich Ron und der junge Mann, der sich unbedingt John ansprechen lassen wollte, meinte, dass er einfach nur eine Pause machen wollte.

„Sagen Sie mal John, haben Sie getrunken", wollte Susan von dem unbekümmerten, ziemlich kecken Mann wissen. Der vermeintliche John pfiff sich ein Weihnachtsliedchen und rief: „Ein wenig, aber was soll's! Es geht sowieso nicht mehr weiter! Ich bin eben rausgeflogen und kann jetzt tun und lassen, was ich will!"

Ron und Lena verzogen ihr Gesicht, nur Susan schien das nicht zu stören. Sie fand den frechen Jüngling möglicherweise recht nett und lächelte ihn verlegen an. Als John bemerkte, dass Ron das

Reisig nicht anzünden konnte, kramte er aus dem Kofferraum seines Autos mehrere Einmalgrills hervor.

„Damit dürfte es wohl gehen! Zufällig habe ich in einer solchen Fabrik gearbeitet, die so was herstellt. Habe einige heimlich beiseitegeschafft und die können wir nehmen!"

Ron und Lena fanden das zwar nett, doch über die Art und Weise, wie John zu den Einmalgrills gekommen war, rümpften sie nur die Nase. Als dann aber das Lagerfeuer knisterte und einen angenehmen, warmen Feuerschein verbreitete, schien es egal zu sein, woher die Grills gekommen waren. Sie waren da und das war einfach gut so. John hatte ein paar leere Bierkästen im Wagen und die holte er und stellte sie um das Feuer herum. Währenddessen brachte Ron den Weihnachtsbaum. Er steckte ihn in den tiefen Schnee gleich neben dem Feuer und Lena band noch ein paar Zellstofftaschentücher an dessen Äste, damit sie nicht so kahl aussahen. Etwas Anderes hatten sie ja nicht und dann setzten sie sich auf die Bierkästen und wärmten sich am Feuer die Hände. Susan rutschte immer näher an John heran, und der holte sein Pausenbrot, welches er an diesem Tag ja nicht mehr gebraucht hatte, um es mit den anderen zu teilen. Für jeden war ein belegtes Brot da und es schmeckte wirklich gut. Währenddessen öffnete Lena die Sektflasche. Genüsslich goss die jedem etwas in die Plastik-Saftbecher ein.

Dann erhob sie ihren Becher und wollte etwas sagen, da knirschte es plötzlich. Es hörte sich an, als wenn etwas durch den Schnee stapfte. Ron, der schon glaubte, ein Wolf wäre im Anmarsch, zog einen brennenden Ast aus dem Feuer und zischte: „Bleibt wo ihr seid, ich versuche, das wilde Tier mit dem Feuer zu vertreiben."

Es dauerte eine ganze Weile, ehe sich das vermeintliche Wildtier zeigte. Allerdings war es kein wildes Tier, sondern ein Mensch. Es war ein alter Mann, der irgendwie aussah wie der Weihnachtsmann. Zwar trug er keinen langen roten Mantel, sondern einen alten braunen, der obendrein auch noch kleine Löcher hatte. Und sein Bart war auch nicht weiß, sondern zerzaust und grau. Immerhin, einen Rucksack, wenngleich einen sehr ausgeleierten, hatte er auf dem Rücken.

Als er die Fünf an ihrem Lagerfeuer und dem danebenstehenden Weihnachtsbaume sitzen sah, blieb er stehen und räusperte sich laut. Keiner traute sich, etwas zu sagen und Ron warf schnell den brennenden Ast ins Feuer zurück, bevor er sich auf seine Kiste fallen ließ. Neugierig schaute sich der Alte um und räusperte sich erneut. Aber dann nahm er seinen Rucksack vom Rücken und ließ ihn in den Schnee plumpsen.

„Na", begann er zu sprechen, „da war wohl der Winter schneller, als ihr gucken konntet, wie?"

Und als er das sagte, schaute er sich den Weihnachtsbaum genauer an, welcher vom knisternden Lagerfeuer geheimnisvoll angeleuchtet wurde.

John fasste sich als erster und sagte: „Ja, so kann man das wohl sagen! Auf der Autobahn geht's ja nicht mehr weiter. Aber irgendwie ist's wie im richtigen Leben."

Der Alte schaute John mit ernster Miene an und meinte schließlich: „Manchmal sind unsere Wege einfach versperrt und wir müssen stehenbleiben. Dann müssen wir eben die nächste Ausfahrt nehmen, um nachzudenken, was wir tun können, stimmt's?"

Abwartend schaute er in die Runde und Susan hatte Tränen in ihren Augen. So gern wäre sie jetzt bei ihren Eltern, wäre bei ihrer Mutter und würde sie umarmen, wie auch ihren achtzigjährigen Dad. Der Alte schritt etwas näher an die mit den Tränen ringende junge Frau heran und nickte ihr aufmunternd zu, während er dabei seine Augen schloss.

„Keine Sorge, es geht ihnen gut. Sie sind wohlauf und warten auf dich."

Susan wollte etwas sagen, doch der Alte öffnete seine Augen und meinte dann: „Fürchte dich nicht. Ich kann mir schon denken, dass du dich sehr um sie sorgst. Aber wenn ich dir sage, dass sie wohlauf sind, kannst du mir das glauben. Es wird alles gut."

Lena musste sich nun ebenfalls die Tränen aus dem Gesicht wischen und hielt die Hand ihres Mannes ganz fest. Mit der anderen zog sie ihren kleinen Sohn fest an sich heran und ließ ihn nicht mehr los. Auch zu den Dreien stapfte der Alte und hatte wohl bemerkt, wie sehr Lena bemüht war, die Familie zusammen zu halten.

„Es ist doch nicht schlimm, Weihnachten mal nicht daheim zu feiern.", meinte er dann.

„So viele Menschen können das nicht. Ist es denn so wichtig, jeden Heiligen Abend im schicken Heim zu verbringen? Reichen dafür nicht auch ein verschneiter Tannenwald und ein Lagerfeuer mittendrin? Schaut, ihr habt ein solch schönes Lagerfeuer gemacht und den Baum so wunderbar aufgestellt, besser geht's doch wirklich nicht. Ach so, noch was, egal, wo ihr auch immer seid, ihr seid zusammen. Das ist es, was zählt, Zusammensein! Und das ist doch ganz einfach und gar nicht schwer."

Als er Susan weinen sah, musste er ein wenig grinsen. Und als er so zu ihr stapfte, um sie sich genauer zu betrachten, sagte er: „Und du solltest nicht ewig so allein durchs Leben gehen. Sieh mal, gar nicht weit von dir entfernt ist jemand, der heute ein liebes Wort gebrauchen kann. Denn er hat etwas verloren, das ihm sehr wichtig war."

Bei diesen Worten schaute er kurz zu John, der das alles sehr gut zu verstehen schien. Er lächelte Susan an und die trank ihren Becher in einem Zuge leer. Schließlich wischte sie sich die Tränen aus den Augen und schob verlegen ihre Bierkiste neben Johns. Der zögerte gar nicht lang und nahm die junge hübsche Frau beherzt in seine Arme. Irgendwie schienen sie sich wohl gefunden zu haben, jedenfalls nickte der Alte wieder so seltsam, als er auf den Weihnachtsbaum zu stapfte. Unterwegs blieb er noch bei dem kleinen Tim stehen und strich ihm sachte über seine bunte Bommel-Mütze.

„Du musst mir versprechen, besser in der Schule zu lernen, sonst wird's nichts mit dem Berufswunsch Feuerwehrmann!"

Tim war wie erstarrt, hatte er doch nie gedacht, dass dieser alte Mann etwas von seinen Zensuren und schon gar nicht von seinem Traum von einem Feuerwehrauto wusste. Er wurde puterrot und schämte sich ein wenig. Doch der Alte ließ sich nicht beirren und sagte nur: „Ach, nimm es nicht so schwer! Das schaffst du schon. Immerhin hast du heute den Weihnachtsmann gesehen. Wenn das nichts ist!"

Er öffnete seinen Rucksack und holte einige bunt eingewickelte Dinge hervor.

„Hier, das ist für euch, und ich bin mir sicher, dass jeder sofort weiß, welches Geschenk für ihn ist. Ich muss nun weiter. Euch wünsche ich alles Glück dieser Welt und vergesst niemals diesen wundervollen Abend. Denn es ist euer Heiliger Abend. Gottes Segen und ahoi!"

Mit diesen Worten schnallte er sich den alten Jute-Rucksack wieder auf den Rücken und verschwand alsbald zwischen dem Geäst der Sträucher und der düsteren Tannen.

Ron schaute nachdenklich zum lodernden Feuer und bemerkte, dass da noch der Wanderstock des Alten lag. Schnell sprang er auf, griff sich den Stock und rannte dem Alten hinterher, um ihm den Stock zu bringen. Doch so sehr er sich auch umschaute, den alten Mann konnte er nirgends mehr entdecken. So nahm er den Stock an sich und ging zurück. Die übrigen Vier saßen noch immer schweigend um den Weihnachtsbaum und das Lagerfeuer herum und wussten nicht, wie ihnen geschah. Dann aber rief John: „Na los, lasst uns die Geschenke öffnen! So schnell finden wir ganz sicher keine mehr heute Abend!"

Und so erhoben sich alle und nahmen sich je ein Päckchen. Merkwürdigerweise trugen alle Geschenke kleine Etiketten, auf denen ihre Namen verzeichnet waren. Schnell waren sie ausgepackt, wobei sich der kleine Tim besonders beeilte. Als alle ihre Päckchen geöffnet hatten staunten sie. John und Susan hatten je eine Reise in eine idyllisch gelegene Baude im Gebirge geschenkt bekommen. Und es war klar, dass sie diese Reise zusammen machen wollten. Lena wunderte sich, denn diesmal hatte sie kein Küchengerät bekommen, so wie sonst. Nein, es war etwas, dass sie sich schon lange gewünscht hatte, ein Urlaub in einer winzigen Fischerhütte am Meer.

Und auch Ron fand diesen Urlaubscheck in seinem Präsentkarton. Ja, und der kleine Tim bekam ein blinkendes, feuerrotes Feuerwehrauto, ein ferngelenktes, denn das wünschte er sich am allermeisten. Seine kleinen braunen Augen leuchteten und alle sahen, wie glücklich er war.

Noch sehr lange saßen die Fünf am Lagerfeuer und der Heilige Abend verging. Schließlich wurden sie müde und wollten nur noch eines: nach Hause!

Als schließlich auch das Lagerfeuer verlöschte, räumten sie alles in die Fahrzeuge, verabschiedeten sie sich voneinander und tauschten noch ihre Adressen aus. Zufrieden setzten sie sich in ihre Autos, und es war ganz merkwürdig, denn die Fahrzeuge ließen sich sofort starten. Langsam fuhren sie durch den tief verschneiten Winterwald zur Autobahn zurück. Und auch hier wunderten sie sich, denn es waren viele Fahrzeuge unterwegs.

„Ach, das war wirklich ein wunderschöner Heiliger Abend.", stöhnte Lena und Ron nickte ihr zustimmend zu. Währenddessen schlief der kleine Tim auf dem Rücksitz und hielt dabei seine neue feuerrote Feuerwehr ganz fest in seinen Händen. Susan und John fuhren hintereinander her und hatten nur ein einziges Ziel: die Liebe. Nie hätte Susan gedacht, auf eine solch merkwürdige Weise jemanden kennenzulernen. John fühlte sich ebenso und ihm war leicht, so leicht wie schon lange nicht mehr. Er wusste, dass er mit dieser fabelhaften Frau, mit Susan, alles schaffen könnte. Das gab ihm die nötige Kraft zum Weitermachen und für einen Neuanfang. Und dieses vermeintliche Wunder hatte ihm dieser sonderbare Heilige Abend gebracht.

Als Susan schließlich daheim bei ihren Eltern eintraf, kam sie diesmal nicht allein. Sie brachte einen netten, gutaussehenden jungen Mann mit, John.

Tim, der daheim wieder zu ganz neuem Leben erwachte, weil er nicht mehr müde sein wollte, setzte sich gleich an seinen Laptop. Er wollte unbedingt die Stelle heraussuchen, wo die Ausfahrt war, an welcher sie diesen merkwürdigen Heiligen Abend erlebt hatten. Doch als er auf der Karte nachschaute, gab es da weder eine solche Ausfahrt noch einen dichten Tannenwald. Nichts dergleichen war da zu sehen.

Als er den Laptop traurig wieder zuklappte, strich ihm seine Mama übers Haar und meinte: „Ist es nicht egal, ob es diese Ausfahrt gibt oder nicht? Schau, wir waren alle zusammen und haben sogar ganz liebe neue Freunde kennengelernt. Und du mein Sohn, du hast den Weihnachtsmann gesehen. Das ist doch wirklich toll!"

Tim sah das natürlich ein und er holte seine feuerrote Feuerwehr und ließ sie quer durchs Zimmer fahren. Und dabei war ihm, als wenn eine wohlbekannte Stimme raunte: „War das nicht ein toller Heiliger Abend? Immerhin hast du heute den Weihnachtsmann gesehen. Das ist doch auch etwas. Frohe Weihnachten Tim und nicht vergessen: Das Wichtigste ist, dass man zusammen ist und am Heiligen Abend nicht allein bleiben muss, egal, wo man gerade ist."

Nachts auf dem Kiez

Es war eine kalte verregnete Nacht. Die Red-Avenue am Ende des Kiezes lag in der schwarzen Dunkelheit und es war kurz nach Mitternacht. Susan und ihre Freundin Hazy waren wie fast jeden Abend dort unterwegs, um Geld zu verdienen. In dieser Nacht allerdings war es sehr schwierig, denn es wollte einfach kein Freier anbeißen. Vielleicht lag das an dem strömenden Regen oder es waren einfach zu wenig Leute unterwegs. Hazy hatte ihren Standplatz nicht sehr weit von Susan an einem kleinen Waldstück und die beiden versuchten, sich nicht aus den Augen zu verlieren. Denn gerade in der letzten Zeit häuften sich die kriminellen Übergriffe und es wurden bereits drei Prostituierte vermisst. Die Täter blieben meist unbekannt und im Dunkeln und die Zeiten waren hart, sehr hart. Gegen Zwei Uhr konnte Susan ihre Freundin nicht mehr sehen. Sie versuchte, Hazy auf dem Handy zu erreichen, doch es war vergeblich. Eigentlich hatten sie sich vereinbart, kurz anzurufen, wenn sie mit einem Kunden mitfuhren, damit der andere sah, dass alles in Ordnung war. Diesmal jedoch war alles anders. Hazy war verschwunden und Susan machte sich große Sorgen. Sie schaute sich nach allen Seiten um und lief durch den immer stärker werdenden Regen zu Hazys Standplatz. Doch dort war Hazy nicht. Nur ein großer schwarzer Vogel saß auf einem herunterhängenden Ast und gab seltsame Töne von sich. Susan gefiel die Situation absolut nicht und sie rief sofort die Polizei. Die kam auch recht schnell und der ermittelnde Kommissar versuchte, Susan zu beruhigen. Vielleicht hatte Hazy nur vergessen, sich bei ihrer Freundin zu melden. Doch Susan beteuerte, dass Hazy das noch nie vergessen hatte und es ihnen sehr wichtig war, dass der andere Bescheid wusste. Und natürlich dachte auch der Kommissar an die Möglichkeit, dass Hazy etwas Schlimmes zugestoßen sein könnte. Er schlug vor, Susan nach Hause zu fahren und sich weiterhin um die Suche nach Hazy zu kümmern. Vielleicht war sie ja auch nur mal kurz im Wald verschwunden, um einer Notdurft nachzukommen. Susan war einverstanden und der Kommissar fuhr sie nach Hause. Als er nochmals zum Wäldchen zurückkehrte, suchte er alles mit seiner Taschenlampe ab. Doch weder einen Hinweis auf Hazys Verschwinden noch eine heiße Spur auf ein Verbrechen fand er. Nichts. Es schien, als habe sich Hazy einfach in Luft aufgelöst. Susan war unterdessen im Treppenhaus ihres ziemlich heruntergekommenen Mietshauses unterwegs und stieg die knarrenden schmierigen Stufen nach oben in ihr kleines Appartement. Es war stockdunkel, weil die Hausverwaltung die defekten Glühbirnen nicht ausgewechselt hatte. Immer wieder stolperte Susan mit ihren hochhackigen Schuhen über Unrat und über die ausgetretenen wackeligen Stufen. Plötzlich vernahm sie das furchterregende Geschrei eines Tieres. Sie zuckte zusammen und presste sich vor Angst an die schmutzige feuchte Hauswand. Am Hausfenster, eine Treppe höher entdeckte sie den großen schwarzen Vogel aus dem Wäldchen. Er saß auf dem Fensterbrett und gab gellende Schreie von sich. Doch das war nicht mal das allerschlimmste. Der Vogel hatte feuerrote Augen, die unentwegt in ihre Richtung zu starren schienen. Susan wusste nicht, ob sie weiterlaufen oder aus dem Haus rennen sollte. Sie entschied sich, an dem Vogel vorbei zu rennen. Und sie nahm allen Mut zusammen und sprang die Stufen am Hausfenster vorüber bis zu ihrer Wohnungstür. Mit zitternden Händen schloss sie die Tür auf. Als sie in der Wohnung war, knallte sie die Tür hinter sich zu und schloss mehrmals ab. Stöhnend und am ganzen Leibe bebend lehnte sie sich gegen die Tür und musste das Erlebte erst einmal verarbeiten. Was war das nur für ein grässlicher Vogel? So etwas hatte sie ja noch nie zuvor gesehen. So schnell sie konnte schaltete sie das Licht in allen Räumen ein und ließ die Jalousien an den Fenstern herunter. Sie wollte unter keinen Umständen, dass der Vogel in ihre Wohnung schauen konnte. Er hatte so etwas Gruseliges an sich – sie konnte es sich einfach nicht erklären. Plötzlich vernahm sie ein Geräusch. Es kam von der Wohnungstür.

Wie angewurzelt blieb sie stehen – es hörte sich an wie ein Kratzen. Langsam und leise schlich sie zur Tür und lauschte einige Sekunden. Immer wieder setzte das Kratzen ein und Susan schaute durch den Türspion, um irgendetwas zu erkennen. Draußen vor der Wohnungstür war es dunkel, nur ein leuchtend rotes Augenpaar stach durch die Dunkelheit. Susan erschrak sich fürchterlich und spürte, wie ihr das Herz beinahe aus der Brust sprang. Was konnte das nur sein? Der Teufel? Ein Geist vielleicht? Sollte sie die Polizei rufen? Aber was sollte sie den Beamten sagen? Dass ein Geist mit roten Augen an ihrer Wohnungstür kratzte? Das würde ihr keiner glauben. Immerhin war sie eine Prostituierte und außerdem ziemlich fertig mit ihren Nerven- vermutlich würden die Beamten nur an ihrem Geisteszustand zweifeln. Nein, sie musste das alles ertragen, aushalten und warten, bis es vorüber war. Doch es war nicht vorüber! Immer wieder hörte sie diese Geräusche und auf einmal musste sie weinen. Die ganze Verzweiflung der letzten Tage und Wochen kamen in ihr hoch und sie verfluchte die Tatsache, jemals als Prostituierte gearbeitet zu haben. Sie hätte ihr Leben ändern müssen. Aber nun? Ihre beste Freundin Hazy war verschwunden und nun kam auch noch dieser böse Geist. Plötzlich hörte das Kratzen auf und Susan wollte schon erleichtert durchatmen. Da fiel der Strom aus und ein eiskalter Wind fegte durch die Räume. Susan blieb vor Schreck beinahe das Herz stehen. Was war das nun schon wieder? In diesem Augenblick befürchtete sie schon, diese Wohnung nie mehr lebendig verlassen zu können. Ihr wurde übel und die hätte sich am liebsten sofort übergeben. Doch da rief plötzlich jemand vor der Wohnungstür nach ihr:

„Hallo Susan, bist Du daheim. Hallo. Ich bin es Hazy." Susan glaubte zu träumen, aber es war tatsächlich die Stimme ihrer Freundin Hazy. Sie musste ihr wohl gefolgt sein und stand nun vor ihrer Tür. Aber warum hatte sie sich nicht schon eher bei ihr gemeldet. Susan war wie gelähmt und wollte die Tür öffnen. Irgendetwas hielt sie noch zurück. Vielleicht war das auch nur eine Falle? Doch wer sollte schon Hazys Stimme nachahmen, nur um in ihre Wohnung zu gelangen? Es gab doch nichts bei ihr zu holen. Außerdem – wer konnte schon Hazys Stimme nachahmen? Sie nahm all ihren Mut zusammen und öffnete die Tür. Da der Strom noch immer nicht zurück war, konnte sie nicht sehen, wer da vor ihrer Tür stand. Es war der schwarze Vogel, der panisch in die Wohnung flog. Susan schrie laut auf und rannte ins Wohnzimmer, um sich unterm Tisch zu verbergen. Doch da vernahm sie erneut Hazys Stimme: „Nicht wegrennen! Ich bin es Hazy! Ich bin der Vogel – der Leibhaftige hat mich in diesen Vogel verwandelt. Ich konnte ihm aber entkommen, habe bis zu Deiner Wohnung gefunden und nun ist er hinter mir her. Verriegele sofort die Tür!" Susan rannte aus dem Wohnzimmer, tastete sich zur Wohnungstür und wollte sie abschließen, doch dazu war bereits zu spät. Sie wusste, dass es tatsächlich Hazy war, die da in Vogelgestalt zu ihr geflogen war. Denn es war auch ihr Parfum, welches Susan bestens kannte und welches nun in der Wohnung schwebte. Sie wollte etwas zu Hazy sagen, doch da fuhr erneut

117

ein eisigkalter Wind durch alle Räume und eine leuchtende Gestalt stand bedrohlich in der offenen Wohnungstür. Susan hatte sich an die Wand gepresst und wusste im ersten Moment nicht, was sie tun sollte. Wirre Gedanken flogen ihr durch den Kopf und sie sah sich schon von dem leuchtenden Unhold verfolgt. Doch da flüsterte Hazy, die dicht hinter ihr stand: „Überlege nicht lange, hole das Jesusbild mit dem Kreuz, welches an der Wand hängt. Halte es dem Satan entgegen, schnell." Susan wusste, dass irgendwo das Bild hing, nur wie weit sie von dem Bild entfernt war, konnte sie in der Dunkelheit nicht abschätzen. Sie tastete die Wände ab und schlich sich Schritt für Schritt durch den Korridor. Der vermeintliche Satan stöhnte laut und kam langsam auf Susan zu. Doch die suchte verzweifelt nach dem Jesusbild. Endlich ertastete sie etwas, dass sich wie ein kleines Bild anfühlte. Vorsichtig nahm sie es von der Wand und konnte nicht erkennen, was es war. Ihr war schon alles egal und sie hielt es entschlossen dem Satan entgegen. Zunächst geschah nichts und die Gestalt bewegte sich noch immer auf Susan und den schwarzen Vogel zu. Doch plötzlich begann das Bild hell aufzublitzen. Der Satan schrie und wich entsetzt zurück. Schließlich zuckte ein greller Blitz auf den Satan nieder und verschlang ihn in einer grellen Stichflamme. Kaum war das geschehen, da schaltete sich auch schon das Licht wieder ein. Susan lehnte noch immer ängstlich an der Wand und hatte das Jesusbildchen in ihrer Hand. Hinter ihr war allerdings kein Vogel mehr, sondern Hazy. Sie schien wohl behalten zu sein und lächelte irritiert. Susan aber war der Schreck in die Glieder gefahren und sie musste sich erst einmal setzen. Hazy kam zu ihr und die beiden brauchten erst einmal eine Weile, um sich zu beruhigen. Solch ein unfassbares Erlebnis hatten sie wahrlich noch nie. Es dauerte eine knappe Stunde, die beiden jungen Frauen hatten sich schon einen starken Kaffee aufgebrüht und saßen erleichtert auf dem Sofa, da klingelte es an der Tür. Susan durchzuckte es und auch Hazy starrte zur Tür. Doch als Susan durch den Türspion schaute, sah sie den Kommissar davorstehen. Sie öffnete die Tür und bat den Kommissar herein. Der war recht guter Dinge und kam gleich mit einer frohen Botschaft. Man habe die vermissten drei Prostituierten gefunden. Sie kamen aus dem Waldstück gelaufen und faselten etwas von einem schwarzen Vogel, und von einem schwarz gekleideten Mann, der aussah wie der Satan. Susan schaute vielsagend zu ihrer Freundin und dann meinte der Kommissar, dass man den Täter finden konnte. Er lag leblos vor dem Wäldchen und die beiden sollten doch mitkommen. Vielleicht erkannten sie ihn ja. Als sie vor dem Wäldchen eintrafen, waren dort schon dutzende Polizeifahrzeuge mit blinkenden Lichtern. Susan und Hazy wurden an den leblosen Körper herangeführt und sie erkannten die Person sofort. Es war der Fremde, der hinter Hazy her war und in Susans Wohnung wollte. Er leuchtete jedoch nicht mehr wie in Susans Wohnungstür. Er war totenbleich und in einen langen schwarzen Mantel mit einer breiten Kapuze gehüllt. Doch das allermerkwürdigste war, dass auf seiner Stirn etwas eingebrannt war. Susan beugte sich herunter und erschrak! Es war das Bildnis von Jesus mit dem Kreuz!

Manchmal sind die Tage trübe
Und du fühlst dich schlecht und schwach
Jeder Tag scheint lang und müde
Fort sind scheinbar Hoffnung, Liebe
Angst hält deine Seel in Schach

Der Zaubergarten

Es war so ein wunderschöner Hauch von Frühling, wie ihn sich Milla immer vorgestellt hatte. Der Spaziergang in diesem einzigartigen Wald entspannte sie und die Depressionen und die Angst, denen sie sich immer öfter ausgesetzt sah, schienen für einen kurzen Moment vergessen. Da draußen war ihr alles zu viel geworden, alles kam auf sie zu, die Welt schien aus den Fugen und der ewige Run nach Geld und noch mehr Ansehen hatte sie schwach werden lassen. Sie wollte, dass es niemand merkte, wollte, dass sie niemand sah, wenn sie beim Nervenarzt darauf wartete, ihren Namen zu hören. Hier draußen in diesem märchenhaften Wald schien alles vergessen, hier war alles anders, irgendwie schöner und voller Lust und Hingabe. Langsam lief sie den schmalen, mit Laub bedeckten Waldweg entlang und zwang sich, alles da draußen in der feindlichen Stadt wegzuschieben. Nur mäßig gelang es ihr und immer wieder zwangen sich diese angstvollen Momente, die ewigen Machtkämpfe in ihrer Werbeagentur auf wie gierige Dämonen, die sie vernichten wollten. Doch da war das Rauschen

121

der Bäume um sie herum, das Knistern der Zweige, wenn sie sie berührte, und das Unbekannte, das zwischen den Bäumen und den dicht stehenden Sträuchern des Waldes zu ahnen war.

Plötzlich glaubte sie, vor sich auf dem Weg eine Gestalt zu sehen. Das heißt, eigentlich sah sie gar keine Gestalt, sondern nur die Umrisse einer solchen, die durchsichtige Silhouette einer solchen und sie blieb stehen. Mehrmals schaute sie sich um, doch da war keiner, niemand, der sie verfolgte oder einfach auch nur spazieren ging.

Doch da war es wieder, dieses Trugbild, diese Silhouette einer Person. Ein wenig ängstlich versteckte sie sich hinter einem dicken Baumstamm und wartete einige Minuten ab. Als sie noch einmal auf den Weg blickte, erschrak sie fürchterlich. Denn inmitten des Wegs stand eine Frau. Aber es war nicht irgendeine Frau, nein, es war sie selbst, die einer Fata Morgana gleich einfach nur so dastand. Milla zwickte sich in den Arm, doch nein, sie träumte nicht, diese Frau stand tatsächlich dort. Was ging hier nur vor? Sollte sie am Ende gar ... aber nein, sie war nicht verrückt, keineswegs! Doch es wurde noch unheimlicher, denn die fremde Frau begann plötzlich zu sprechen. Ihre Worte hörten sich blechern an, so, als würde jemand durch einen schlecht eingestellten Lautsprecher zu hören sein:

Komm nur mit, ich will nichts Böses
In meinen Garten, wo die Blumen blühn
Komm mit mir, es wartet Schönes
Komm nur mit, ich will nichts Böses
In meinem Garten, wo alles so grün

Milla spürte, wie sie am ganzen Leibe zu zittern begann. Vielleicht wurde sie ja doch verrückt und gehörte längst in eine psychiatrische Klinik? Doch dann schob sie all diese Gedanken beiseite und sprang mit einem Satz aus ihrem Versteck. Nun stand sie dieser Frau, die ja eigentlich sie selbst war, gegenüber, und beide Frauen starrten sich sekundenlang an. Vorsichtig schritt Milla auf die Fremde zu, und auch die lief los, einfach immer geradeaus. Keine der beiden sprach auch nur ein einziges Wort, und Milla spürte, wie ihr Herz bis zum Halse schlug. Doch es war nicht allein die Angst, sondern der Gedanke, das Leben nicht mehr meistern zu können, weil die Nerven nicht mehr mitspielten. Denn, wer sah schon eine scheinbar durchsichtige Person, einen Geist, der auch noch aussah wie man selbst und folgte diesem augenscheinlichen Gespinst irgendwohin? Irgendwann hatte sie sich mit dem abstrusen Gedanken, wohl nicht mehr so ganz richtig im Kopf zu sein, abgefunden und ließ es einfach nur geschehen. Wortlos folgte sie der mysteriösen Gestalt und wunderte sich, dass sie noch immer niemandem begegneten. Die fremde Frau verließ den Waldweg und lief nun zwischen den dichten Sträuchern und Büschen hindurch.

Doch es war ganz komisch, die Sträucher und auch die Büsche bogen sich wie von Geisterhand bewegt auseinander und gaben den Weg frei, als sei es ihnen befohlen worden. Was war das nur, ein Zauber vielleicht? Milla folgte der fremden Frau und der Weg schien einfach kein Ende mehr zu nehmen. Plötzlich blieb die Fremde stehen und Milla staunte. Vor den beiden erstreckte sich ein hoher hölzerner Zaun, in dessen Mitte sich ein kreisrundes eisernes Tor befand. Die Fremde hob zu singen an:

Öffne dich, mein Tore, schnell
Öffne dich, ich will hinein
Lass die Sonne scheinen, hell
Öffne dich, komm öffne schnell
Lass mich flink zu dir hinein

Als sei eine Fernbedienung betätigt worden, öffnete sich gehorsam das eiserne Tor. Die Fremde trat hindurch und drehte sich plötzlich unvermittelt zu Milla um. Mit ihren Händen gab sie ihr zu verstehen, ihr zu folgen. Und Milla folgte ihr, ohne auch nur ein Wort zu sprechen. Als sie hinter dem Tor war, konnte sie nicht glauben, was sie da sah. Sie stand auf einer saftigen grünen Wiese, und überall blühten die wunderschönsten Rosen und die herrlichsten Tulpen. Es waren auch Blumen darunter, die sie nie zuvor in ihrem Leben gesehen hatte und ein süßlicher betörender Duft schwängerte die Luft. Die Fremde lief auf einen kleinen lilafarbenen Tempel zu, der inmitten der unzähligen Blumen stand. Er glitzerte und funkelte als wenn er aus reinsten Edelsteinen erbaut worden wäre und die Fremde verschwand alsbald in dessen Innerem. Milla überlegte, sollte sie der fremden Frau wirklich dort hinein folgen? Was, wenn es eine böse Falle war oder ein blutrünstiges Monster nur darauf wartete, frisches Menschenfleisch, nein, sie musste es wagen! Mutig und entschlossen folgte sie der Fremden und betrat den sonderbaren Glitzer-Tempel. Im Inneren duftete es noch viel stärker nach Rosen und überall ragten funkelnde Säulen in die Höhe. Sie stützten das glitzernde Dach ab, welches aussah wie ein märchenhafter Sternenhimmel. Die Fremde setzte sich auf einen Stuhl mit einer hohen Lehne und sprach: „Nun bist du also hier bei mir. Ich freu mich, dass du mir gefolgt bist. Glaube mir, du wirst es nicht bereuen."

Milla blieb bald das Herze stehen und sie wollte etwas sagen, doch die Fremde sprach weiter: „Ich bin eigentlich *Du*, wie du ja schon bemerkt hast, denn ich sehe ja aus wie du. Ich bin das, was in deiner Seele ist, und du musst dich nicht vor mir fürchten. Ich weiß so viel von dir, weiß von deinen Ängsten und von deinen Nöten. Ich weiß, dass dir derzeit alles zu viel ist und ich weiß, dass du sehr stark bist. Du weißt nur nicht, wie du weiter machen sollst. Denn du fühlst dich schwach und allein gelassen. Glaube mir, dass musst du gar nicht sein. Setz dich dort in diesen Sessel. Es ist der Sessel der Träume und dies ist der Zaubergarten deiner eigenen Seele. Schau, er ist voller wundervoller Blumen und er ist wunderschön." Milla sah den Sessel in der Ecke und nahm Platz. Er war wirklich so bequem und weich, dass sie nie wieder aufstehen wollte, doch dann sagte sie: „Ja, es stimmt, ich fühle mich schlecht. Alles dreht sich um mich und ich fühle mich wie in einem Karussell, aus dem ich nicht mehr herauskomme. Ich habe große Angst und ich fürchte mich sehr. Ich habe Angst, mein Leben nicht mehr zu schaffen, die Aufgaben, die mir mein Leben stellt, nicht mehr erfüllen zu können. Ich habe Angst, zu scheitern, kein Glück mehr zu haben, in meinen Ängsten unterzugehen, noch ehe mein Leben wirklich zu Ende ist. Oh, ich sehe vor lauter Ängsten mein eigenes Leben nicht mehr."

Die Fremde hörte aufmerksam zu und schien traurig zu sein, denn eine winzige Träne kullerte über eine ihrer rosigen Wangen. Aber dann lächelte sie und sagte leise: „Ach sei nicht traurig, ich weiß ja, dass du so viele Ängste hast und keinen Ausweg mehr daraus findest. Aber ich gebe dir einen Rat. Denke nicht so viel über deine Ängste nach, damit tauchst nur immer tiefer in das Dunkel deiner Furcht. Nutze deine Zeit, glaube an dich, denn du kannst alles schaffen. Du musst wieder lernen, an deine Kraft zu glauben, ihr zu vertrauen, weil du sie in dir hast. Sie ist da und sie wird dich nicht verlassen. Nichts ist umsonst, keine einzige Sekunde, und du hast eine Aufgabe zu erfüllen. Manchmal brauchen wir einfach ein bisschen mehr Disziplin als sonst und dann wird es weitergehen. Es ist so, es ist nicht immer leicht, und du weißt es genau."

Milla wischte sich die Tränen aus den Augen und atmete tief ein. Der süße Duft der Rosen drang durch ihren Leib wie eine Medizin und schien irgendetwas in ihr zu verändern. Sie fühlte, wie die Kräfte zurückkehrten, die Kräfte, die sie lange schon verloren geglaubt hatte. Und sie fühlte, dass sie in diesem einen Moment alles schaffen könnte.

„Hier nimm dieses Amulett", sprach die Fremde, „es ist das Amulett der Sonne und es wird dir durch die schweren Zeiten helfen. Du musst es nur einfach immer tragen, dann wird es gut werden. Glaube mir, du bist ein guter Mensch. Doch nun musst du gehen, denn der Zaubergarten kann nicht sehr lange für die Menschen sichtbar sein. Ich wünsch dir alles Glück dieser Welt, mein Herz wird immer bei dir sein. Lebe wohl."

Milla wurde sehr müde und schloss ihre Augen. Der Sessel, in dem sie saß, war so weich und so bequem – niemals mehr wollte sie aufstehen und so schlief sie ein.

Als sie erwachte, schien sie irgendetwas Grelles zu blenden. Als sie ihre Augen öffnete, starrte sie sekundenlang in die Sonne. Schnell schloss sie die Augen wieder und rief die fremde Frau. Doch da war niemand, und als sie die Augen wieder öffnete und sich blinzelnd umschaute, lag sie auf einer kleinen Wiese inmitten ihres geliebten Waldes. Die Sonne stand hoch am Himmel und beleuchtete das kleine Wiesenstück wie eine Bühne. Vorsichtig stand Milla auf und rieb sich die Augen. Was war nur geschehen? War sie nicht eben noch in diesem sonderbaren Zaubergarten? Und wo war die fremde Frau geblieben? Wo waren diese wunderschönen Blumen, dieser angenehme Rosenduft? Sie konnte sich das alles nicht erklären, denn von alledem war nichts mehr geblieben. Dafür aber spürte sie ihren Herzschlag, fühlte neue Kraft in jeder Faser ihres einst geschwächten Leibes. Sie wusste plötzlich genau, was sie wollte: wieder kämpfen und das Leben meistern, so, wie sie es eigentlich immer gewillt hatte! Entschlossen lief sie los und spürte, dass sie es nun schaffen würde. Plötzlich fühlte sie etwas an ihrem Hals und als sie mit ihren Händen danach tastete, lächelte sie zufrieden. Denn es war das Amulett der Sonne, welches sie von der fremden Frau geschenkt bekommen hatte. Wohl war es wie ein Stück ihrer Seele, ihres Herzens und sie wollte es nie wieder ablegen. Immer wieder streichelte sie es und als sie den Waldesrand erreichte, die ersten Autos auf der nahen Straße erblickte, glaubte sie, eine sanfte Stimme zu hören, die leise sang:

Hab stets Glück auf allen Wegen
Ach, mein Wunsch ist stets bei dir
Nur für dich ist dieser Segen
Du hast Glück auf allen Wegen
Warst im Zaubergarten hier

Geh den Weg, den du gekommen
Bleib ein Mensch, denn du bist stark
Was die Ängste dir genommen,
kraftvoll wird es zu dir kommen
Glücklich wird dein neuer Tag

Timmis Geschenk

Der kleine Timmi lebte mit seiner Großmutter in Los Angeles. Sein achtjähriger Geburtstag war nicht mehr weit und so wünschte er sich etwas ganz verrücktes- ein Stern sollte vom Himmel fallen und seine Eltern, die erst vor einem Jahr bei einem schweren Autounfall ums Leben kamen, zurückbringen. Seine Großmutter warf ihrem Enkel einen traurigen Blick zu, als sie das hörte. Dann sagte sie leise: „Ach Timmi, das geht nicht. Die Mami und der Papi sind im Himmel und von dort werden sie ganz sicher nicht mehr zurückkommen. Aber vielleicht schicken sie Dir ja einen funkelnden Stern oder wenigstens eine glitzernde Sternschnuppe." Timmi weinte und die Großmutter hatte wirklich viel Überzeugungsarbeit zu leisten, um den kleinen Jungen wieder auf andere Gedanken zu bringen. Dabei hatte es Timmi gar nicht so schlecht. Seine Großmutter war nicht arm. Sie besaß eine große Wohnung und bezog eine Pension, die locker für sich und Timmi ausreichte. Natürlich könnte alles noch viel besser sein, doch was war schon besser als miteinander zusammen zu sein. Und so kehrte schließlich auch das niedliche Lachen in Timmis Gesicht zurück. An einem wunderschönen Sonntag war es endlich soweit- Timmi hatte Geburtstag. Er wurde acht Jahre und die Großmutter kam schon recht früh in sein Zimmer. Sie trug ein großes Tablett in ihren Händen. Darauf waren ein großer Blumenstrauß, viele Süßigkeiten und eine große Torte mit acht Kerzen. Als Timmi wach wurde, saß die Großmutter schon an seinem Bettchen und sang: „Alles Gute zum Geburtstag, Timmi." Wie freute sich da der kleine und nun schon so große Junge. Er fiel seiner Großmutter im den Hals und weinte. Und als er seine Geschenke sah, welche liebevoll auf dem großen Tablett zurechtgelegt waren, staunte er noch viel mehr. Doch zwischen all diesen vielen Sachen vermisste er etwas ganz bestimmtes: den Stern, den er sich doch so sehr gewünscht hatte. Aber die Großmutter, die schon damit gerechnet hatte, beruhigte Timmi und sagte, dass der Stern noch am Himmel leuchtete und auf den kleinen Timmi wartete. So richtig glaubte das Timmi ja nicht. Aber er hatte die Hoffnung, am Abend mit der Großmutter hinaus zu gehen und nach diesem Stern zu suchen. Und dann gab es Frühstück. Die Torte schmeckte wunderbar und die Großmutter hatte noch eine ganz besondere Überraschung für ihren Enkel. Sie wollte mit ihm nach Hollywood fahren und mit ihm durch die berühmten Straßen und Boulevards schlendern. Da freute sich der kleine Junge und konnte es gar nicht erwarten. Nach dem Frühstück fuhren sie los und schon bald waren die beiden am Ort aller Träume, in Hollywood. Da gab es vielleicht viel zu entdecken. Diese vielen bunten Theater und Kinos und die wundervollen Namen, wie Sunset-Boulevard und Hollywood-Boulevard. All das kannte er bisher nur aus dem Fernsehen. Die allergrößte Überraschung allerdings war für Timmi der berühmte „Walk of Fame". Dort waren dutzende wunderschöne Sterne in den breiten Bürgersteig eingelassen, sodass Timmi ganz große Augen bekam. Und ehe es sich die Großmutter versah, hatte sich Timmi einen Stern ausgesucht, den er unbedingt für sich allein haben wollte. Seltsamerweise war auch kein Name auf dem Stern zu lesen und so wich Timmi nicht mehr von seinem Stern. Glücklicherweise war der Bürgersteig breit genug, sodass die Leute, die vorbeiliefen, genug Platz hatten und sich sogar mit dem kleinen Jungen freuten. Timmi trieb es auf die Spitze und setzte sich ganz gemütlich auf den Stern. Die Großmutter wollte ihn schon ermahnen, weil er sich auf diese Weise nur noch eine Erkältung zuziehen könnte. Timmi hingegen blieb stur und blieb beharrlich auf seinem Stern sitzen. Und plötzlich fiel ihm ein, mit diesem Stern zu seinen Eltern in den Himmel zu fliegen. Er stand wieder auf und griff nach Großmutters Hand. Vorsichtig zog er sie auf den Stern und schloss seine Augen. Ganz fest wünschte er sich, dass seine Mami und sein Papi wieder bei ihm wären. Und plötzlich geschah das Wunder- der Stern begann zu schwanken und zu vibrieren. Die Großmutter glaubte schon an ein Erdbeben und wollte mit Timmi davonlaufen. Doch der hielt die Großmutter ganz fest und der Stern wackelte bedrohlich hin und her. Schließlich erhob er sich mit Timmi und der Großmutter in die Luft und flog unter dem tosenden Beifall der vielen Menschen, die das beobachteten in den azurblauen Himmel hinein. Immer schneller flog er und erreichte schließlich eine riesige schneeweiße Wolke. Ganz sanft flog der Stern mitten in die Wolke hinein und blieb stehen. In dem puderweißen Nebel konnte Timmi erst gar nichts erkennen. Doch dann teilte sich der Nebel vor ihm und die Großmutter war starr vor Schreck. Denn aus dem Nebel trat niemand anders als Timmis Mami und sein Papi. Sie liefen geradewegs auf den kleinen Jungen zu und umarmten und drückten ihn. Dann begrüßten sie die Großmutter und es flossen Tränen ohne Zahl. Timmi konnte es einfach nicht glauben, dass er seine Eltern wiedersehen konnte. Und die Großmutter schwieg vor lauter Aufregung. Auch sie hatte nicht mit einem solch unfassbaren Wunder gerechnet. Wie war es nur möglich, mit einem Hollywoodstern in den Himmel zu fliegen, um die Eltern ihres Enkels dort zu treffen? Sie war fassungslos, doch sie war auch ungeheuer glücklich. Denn seit langem hatte sie ihren Enkel nicht mehr so glücklich gesehen. Die Freude war riesig und doch mussten sie wieder zurück. Die Mami küsste ihren Sohn noch einmal zum Abschied und der Papi strich seinem kleinen Jungen übers Haar. Da erhob sich eine wundersame Melodie, ein wunderschönes Weihnachtslied und die Eltern sangen dazu. Schon bald sangen auch Timmi und die Großmutter mit. Langsam verschwanden die Eltern zwischen den weißen Nebelschleiern und auch das Lied verstummte.

Timmi war traurig, seine Mami und sein Papi nicht mehr bei sich zu haben. Doch er war auch froh, dass er für einen kurzen Augenblick wieder bei ihnen sein durfte. Nun wusste er, dass es möglich war, zu ihnen zu gelangen. Doch er wusste auch, dass das wohl nicht immerzu passieren würde. Langsam flog der Hollywoodstern zurück zur Erde und sank schließlich wieder auf seine Stelle zurück, wo er eben noch gelegen hatte. Was war das für eine fantastische Reise. Es war ein Märchen, ein wunderschönes, schier unfassbares Märchen. Die umstehenden Leute klatschten in die Hände und riefen ganz laut: „Timmi flog mit einem Hollywoodstern." Die Großmutter hielt ihren kleinen Enkel fest an der Hand und passte gut auf, dass er nicht noch vor lauter Freude davonlief. Doch der war wohl zu müde dazu. Er wollte eigentlich nur noch in sein Bettchen. Die Großmutter zog ihn schließlich hinter sich her und Timmi schaffte es gerade noch, dort einzusteigen, dann schlief er auch schon ganz tief und fest. Als sie wieder daheim waren, hatte die Großmutter Mühe, den schlaftrunkenen Jungen in sein Bettchen zu bugsieren. Und als er endlich darin lag, schlief er einfach weiter. Am nächsten Morgen wurde er von einem Sonnenstrahl an der Nase gekitzelt. Er musste laut niesen und erwachte. Was war das nur für ein wunderschöner Sonnentag, der durch sein angelehntes Fenster hineinschaute. Und das schönste war, dass er sich so richtig ausgeschlafen fühlte. Er erinnerte sich an den letzten aufregenden Tag und an sein großes Abenteuer, welches er in Hollywood, der Stadt der Träume erlebte. Was war das nur für ein unglaubliches Erlebnis, er durfte bei seinen Eltern sein und das war unglaublich. Als die Großmutter ins Zimmer kam, war Timmi schon angezogen und wollte frühstücken. Sie freute sich, dass es ihrem Enkel so gut ging und er den vergangenen Tag und dieses wundersame Abenteuer so gut verkraftet hatte. Doch als sie das Zimmer verlassen wollte, stutze sie. Sie schaute sich noch einmal um und Timmi wollte schon wissen, was los sei. Da entdeckte sie über Timmis Bettchen einen riesigen goldenen Bilderrahmen. Und selbst Timmi hatte ihn einfach noch nicht bemerkt. Was war das nur? Als die beiden nachschauten, konnten sie es nicht fassen. Denn in dem goldenen Bilderrahmen hing etwas, dass sich Timmi so sehr gewünscht hatte! Es war ein großer, wunderschöner funkelnder Hollywoodstern. Und in dem Stern war eine goldene Widmung zu lesen. Da stand: „Für unseren geliebten kleinen Sohn Timmi, Deine Eltern!"

Bist du auf dem Weg zu mir
Nur im Traum kann ich dich sehn
Auf dem Weg von mir zu dir
Ja, schon bald ein echtes „Wir"
Niemals mehr lass ich dich gehn

Nur ein kleines Lied

Es war ein ganz gewöhnlicher Tag mitten in Hollywood. Susan dachte an die Zeit, als sie noch verheiratet war. Die Zeit mit Ben, der alles tat, um sie irgendwie zu verärgern. Wollte er das wirklich so? Dann diese unsägliche Trennung und nun lief sie mutterseelenallein die „Vine-Street" entlang und träumte von einer neuen Liebe.

Die jedoch kam einfach nicht und so setzte sie sich nachdenklich in ein Straßencafé. Der Ober brachte einen riesigen Eisbecher, der über und über mit köstlichen Erdbeeren gefüllt war und obendrauf auch noch eine recht beeindruckende Kappe aus Schlagsahne trug. Susan jedoch schien das alles nicht zu erfreuen. Sie nippte ein wenig von dem fruchtigen Eis und schloss ihre Augen. Doch nicht etwa einen knackigen, gut gebauten Jüngling sah sie da, mit dem sie wilde kalifornische Nächte verbringen könnte. Nein, es war Ben, der ihr unheilvoll durch die Gedanken schlich. Das konnte doch nicht sein, sie wollte es nicht und so zahlte sie kurzerhand und ging. Und ausgerechnet jetzt, wo sie so furchtbar durcheinander war, dröhnte aus einem Lautsprecher, der über dem Eingang eines Theaters angebracht war, das Lied, welches einst ihr Lied gewesen war, als sie Ben in dem kleinen Tanzlokal in Santa Monica traf. Dieser ungelenke große Kerl, der eigentlich so gar keine Ahnung hatte, mit Frauen umzugehen, ausgerechnet in den musste sie sich damals verlieben. Doch dann fielen ihr die schlimmen Tage vor der Trennung ein. Der Streit eskalierte und es fielen harte Worte, die alles zerstörten.

Und nun hörte sie dieses Lied. Es schien wie ein schlechter Traum, doch es war real und sie wollte schnell an dem Theater vorüberlaufen. Doch dann blieb sie stehen und lauschte diesen sonderbaren Tönen, die ihr einst das große Glück gebraucht hatten:

Bist du auf dem Weg zu mir
Nur im Traum kann ich dich sehn
Auf dem Weg von mir zu dir
Ja, schon bald ein echtes „Wir"
Niemals mehr lass ich dich gehn

Vorsichtig wischte sie sich die Tränen aus den Augen und bemerkte gar nicht, dass ihre Wimperntusche längst wie dunkle Bäche über ihre rosigen Wangen floss. So schnell sie konnte lief sie weiter und hielt sich dabei die Ohren zu. Nein, sie konnte und wollte dieses Lied nie wieder hören, dieses verhängnisvolle Lied, welches sie einst so sehr geliebt hatte. Dunkle Regenwolken schoben sich vor die Sonne und der eben noch so sonnige Tag drohte, in einem regennassen Debakel unterzugehen. Schon rumorte dumpfes Donnergrollen aus der Ferne und die Leute beeilten sich, um schnell nach Hause zu gelangen. Susan rannte bis zu einem kleinen Park und wusste plötzlich gar nicht mehr, ob sie nach Hause wollte oder nicht. Irgendwie fand sie, dass alle anderen ein Ziel hatten, nur sie nicht. Alle schienen ein Zuhause zu haben, und sie wartete mutterseelenallein in einem kleinen menschenleeren Park auf ein Wunder, dass ganz bestimmt niemals geschehen würde.

Rasch kam das Gewitter näher und die drückende Schwüle war kaum noch auszuhalten. Susan setzte sich auf eine Bank und spürte auf einmal Furcht und Angst, Angst vorm Alleinsein, vor der Einsamkeit, eine alles beherrschende Furcht vor dem Verloren-sein. So etwas hatte sie wahrlich noch niemals zuvor gefühlt, und als der Regen begann, glaubte sie, in diesem Unwetter, dem undurchdringlichen Nass für immer zu vergehen.

Immer heftiger blies der Sturm und sie konnte schon gar nichts mehr um sich herum erkennen, da kam ein Mann aus dem Vorhang aus Hagel und Wasser gerannt. Er hatte seine Jacke über den Kopf gezogen und rief laut: „Junge Frau, sie sollten jetzt nicht hier sein! Ich habe eben eine Windhose gesehen, die bald hier sein wird. Kommen sie mit, wenn wir jetzt losrennen, schaffen wir's vielleicht noch!"

Susan wollte schon wegschauen und irgendetwas Dummes von sich geben, nur, um den vermeintlich fremden Mann wieder loszuwerden. Doch da stutzte sie! Diese Stimme, sie kannte sie von irgendwoher, kein Zweifel, es war Bens Stimme! Und nun bemerkte auch dieser eben noch vollkommen fremd wirkende Mann, wen er da angesprochen hatte. Er blieb stehen, schwieg und konnte es einfach nicht glauben. Susan sprang auf und hielt für einen Moment inne. Für Sekundenbruchteile schien es, als würde die Zeit stehen bleiben, bis ein greller Blitz auf die Wiese neben den Beiden knallte. Erschrocken rannte Susan zu Ben und schmiegte sich eng an ihn. Ben hielt die zitternde junge Frau ganz fest und dann rannten die beiden los, nur schnell raus aus diesem Park! Hinter sich vernahmen sie ein heftiges Dröhnen, und als sie sich kurz umschauten, sahen sie mit Schaudern, dass die Windhose begonnen hatte, den Park zu verwüsten. Die beiden hatten es gerade noch rechtzeitig geschafft, hatten einen Hauseingang gefunden, wo sie sich erst einmal unterstellten. Niemand war zu sehen und die beiden sprachen noch immer kein einziges Wort. Dafür zog Ben seine Susan an sich heran und sie ließ es einfach so geschehen. Die beiden küssten sich und das Regenwasser lief in Strömen an ihnen herab. Unterdessen schien das Gewitter wirklich alles zu geben, und als Ben Susan wieder losließ, ebbte das Unwetter langsam ab. Schon zeigten sich erste Sonnenstrahlen und die beiden schauten sich noch immer an. Sie wussten, dass sie wohl beide einiges falsch gemacht hatten und sie schworen sich, dass ihnen diese Fehler niemals mehr geschehen durften.

Und es war ganz sonderbar, aber plötzlich summte eine recht bekannte Melodie durch die Straßen und ein wundersames Lied ertönte aus den Lautsprechern dieser märchenhaften Stadt. Susan und Ben lauschten und weinten vor Glück, denn es war ihr Lied, welches da erklang. Es war ihr Song, der sie einst zusammengebracht hatte und der auch diesmal wieder auf magische Weise bei ihnen war. Es war wie ein Zauber, doch es war nur ein kleines Lied:

Bist du auf dem Weg zu mir
Schon im Traum kann ich dich sehn
Auf dem Weg von mir zu dir
Ja, schon bald ein echtes „Wir"
Niemals mehr lass ich dich gehn

Die kleine Petroleumlampe

Es war kein leichtes Leben, da draußen auf der Straße. Jeder Tag glich einem harten Überlebenskampf. Ron lebte schon seit etlichen Jahren auf der Straße. Er war obdachlos und hatte keinen Job. Zwar hatte er vor vielen Jahren mal etwas gelernt. Damals, als er noch seine Eltern hatte und die ihn ein bisschen unterstützen konnten. Doch das war lange her und seine Eltern waren längst tot. Die alte Decke und die Sachen, welche er auf dem Leib trug, waren die einzigen Dinge, die ihm noch geblieben waren. Dabei hatte er einst so viele Träume, so viele Hoffnungen auf ein besseres Leben. Und immer, wenn er die vielen fremden Menschen mit hoch erhobenen Nasen an ihm vorbeilaufen sah, wurde er sehr traurig. Sollte es wirklich so weiter gehen. Manchmal ging er auf den Friedhof der Stadt, um seinen Eltern ein paar Blumen, die er sich von erbetteltem Geld kaufte, zu bringen. Dann saß er lange auf der Bank neben dem Grab und weinte bitterlich. Draußen auf der Straße war keine Zeit zum Jammern und zum Traurig sein. Dort herrschten harte Gesetze. Denn wer sich da nicht durchboxte, hielt nicht durch. Viele hatte er gesehen, die irgendwo am Straßenrand lagen, zusammengeschlagen, verendet wie Vieh und vergessen von der Wohlstandgesellschaft. Und er hatte sich stets geschworen, dass ihm das niemals passieren durfte. Das war er seinen lieben Eltern und letztlich

141

auch sich selbst schuldig. Doch der Winter nahte und es schien, als würde er diesmal besonders kalt werden. Er wollte jedoch nicht in eine dieser furchtbaren Notunterkünfte, wo er noch deutlicher zu spüren bekam, dass er nur der allerletzte Dreck war. Außerdem grassierten dort die Diebstähle und er konnte es sich in diesen Zeiten einfach nicht erlauben, auch noch seine Decke und seine warme Jacke zu verlieren. So trieb er sich zwischen den Containern am Hafen herum. Dort war es nicht so zugig, und er konnte ständig sein Domizil wechseln, um nicht entdeckt zu werden. Es ging auf Weihnachten zu und überall in den breiten Straßen von Chicago ertönten die wunderschönsten Weihnachtslieder. In den Vorgärten der besser gestellten Leute standen leuchtende glitzernde Weihnachtsbäume mit duftenden Kerzen daran. In diesen Tagen warfen die Leute sehr viel Brauchbares weg. Sie wollten sich wohl von alten Dingen entledigen, um frischen Wind fürs neue Jahr in ihr Leben zu bringen. Davon profitiere Ron schon seit Jahren. Manchmal entdeckte er unter all dem Müll noch einen tragbaren Pullover oder eine halbwegs intakte Hose. Manchmal sogar noch etwas zu essen, um über die kalten Zeiten zu kommen. Neulich fand er sogar einen alten Rucksack und konnte so seine Decke und seine Kleidung, die er gerade nicht anzog, dort hineinpacken. Das half ihm sehr, denn so war er schneller unterwegs und hatte alles unter Kontrolle. Nur abends zwischen den Containern, da wurde es schon mächtig kalt und besonders dunkel. Gerade in den letzten Nächten fürchtete er sich so sehr. Er wusste gar nicht, warum, denn so eine ängstliche Natur war er früher nicht. Er glaubte stets, dass irgendjemand hinter ihm her war, der ihm ans Zeug wollte. Deswegen wünschte er sich eine Lampe. Aber keine, die mit Strom funktionierte, sondern eine, die er mit Zündhölzern betreiben konnte. So etwas wie eine Petroleumlampe. Er erinnerte sich daran, wie seine Mutter damals eine solche Lampe besaß. Sie stand immer auf der Heizung und manchmal zündete sie diese Lampe an. Dann war es so wohlig warm und gemütlich wie es selten war. Und wenn es dann noch einen heißen Eintopf gab, schienen die Sorgen vergessen. Und so durchwühlte er eine Mülltonne nach der anderen. Aber mehr als ein Dutzend Feuerzeuge und ein paar alte Kerzen fand er nicht. Doch er gab sich auch damit zufrieden. Immerhin war es nun ein bisschen heller in der Nacht und er konnte sich am Licht der Kerzen seine Hände wärmen. Als er eines Nachts todmüde auf seiner alten Decke zwischen den Containern am Hafen lag, bemerkte er ein seltsames Geräusch. Er hatte schon seit Tagen ein ungutes Gefühl und nun war es wohl soweit. Irgendjemand wollte ihn überfallen. Schnell löschte er das Kerzenlicht und stand auf. Sollte er vielleicht auch seine Decke einpacken und schnellstens von hier verschwinden? Noch zögerte er, vielleicht war's ja doch nur ein herumstreunender Hund oder der Wind, der sich gespenstisch zwischen den metallenen

Containern verfing und dabei solch merkwürdige Geräusche erzeugte? Vorsichtshalber entschied er sich für die Variante mit dem „Verschwinden" Er rollte seine Decke zusammen und verstaute sie im Rucksack.

Dann wollte er sich schleunigst aus dem Staube machen. Als er zwischen den Containern hervorkam, stand plötzlich jemand vor ihm. Er erschrak sich natürlich sehr, doch es war nur ein alter Mann, der da vor ihm stand und ihn musterte. Sekunden standen sich die beiden regungslos gegenüber. Ron war erleichtert, dass es nur dieser alte Mann war und nicht irgendein betrunkener Kerl, der ihn zusammenschlagen wollte. Der alte Mann begann zu sprechen: „Fürchte Dich nicht. Ich will nichts von Dir. Ich weiß, dass es Dir schlecht geht. Und ich weiß, dass Du ein ehrlicher Mensch bist."

Verständnislos starrte Ron den Alten an, konnte nicht so recht begreifen, was der da gerade zu ihm sagte. War das etwa auch wieder so ein Spinner, der nur Mitleid mit ihm hatte und ihm am Ende sein aufrichtiges Bedauern mitteilte? Darauf wollte er auf jeden Fall verzichten. „Lass mich in Ruhe", rief er laut und wollte seiner Wege ziehen. Doch der alte Mann rief ihm nach: „Du brauchst wirklich keine Angst vor mir zu haben. Ich will Dich nicht bequatschen. Ich wollte Dich nur fragen, ob Du mich vielleicht auf Deiner Decke übernachten lassen kannst. Ich weiß, dass Du Kerzen hast und dass es zwischen den Containern sicher ist. Also, hab ein Herz und schick mich nicht fort." Ron blieb stehen und schaute sich noch einmal nach dem Alten um. Sollte er am Ende wirklich einer von denen sein, die es ehrlich meinten und ihn am Ende dann doch nicht bestahlen? Sollte es so etwas noch geben? Ehrlichkeit? Misstrauisch ging er ein paar Schritte auf den Alten zu und sagte dann: „Wenn Du mich nicht beklaust, dann können wir's so machen! Aber wehe, wenn Du mir was wegnimmst!" Der Alte war froh und Ron zeigte sich einverstanden. Zusammen gingen sie zu den Containern zurück und Ron breitete seine Decke aus. Dann zündete er eine Kerze an und holte einen Kanten Brot aus seinem Rucksack. „Das habe ich heute Abend noch gefunden, sieht doch noch ganz gut aus", sagte er und der Alte freute sich, nun auch noch etwas zu essen zu bekommen.

„Weißt Du", sagte er dann, „ich habe seit Tagen nichts gegessen und getrunken. Jetzt habe ich das erste Man wieder was zwischen den Zähnen. Ich habe schon gedacht, ich müsste sterben. Verhungern ist ja auch nicht so ein schöner Tod." Ron riss ein großes Stück von dem Brotkanten ab und drückte es dem Alten in die Hand. Der machte sich gleich gierig darüber her und als Ron noch eine Wasserflasche aus dem Rucksack zog, war die Freude riesengroß. Als sich die beiden ein wenig gestärkt hatten, wurde es ihn auch gleich wärmer und im schwachen Licht der Kerze erzählten sie sich noch von so manchen Erlebnissen aus der Vergangenheit. Irgendwann wa-

ren sie so müde, dass Ron die Kerze löschte und
sie schließlich einschliefen. Am nächsten Morgen
wurde Ron schon sehr früh wach. War es sein
immer noch vorhandenes Misstrauen dem Alten
gegenüber oder die plötzliche Kälte, die sich
zwischen den Container ausbreitete. Er rieb sich
seine Augen und gähnte laut. Als er sich umschaute, war der Alte nicht mehr da. Schleunigst
untersuchte Ron seinen Rucksack, doch es war
alles noch vorhanden. Auch seine Decke und
selbst die heruntergebrannte Kerze waren noch
da. Doch noch etwas anderes fiel Ron auf. Auf
der Decke stand irgendetwas, Ron konnte es
nicht glauben, es war eine kleine Petroleumlampe. Wo kam die nur her? Der Alte hatte doch
selbst nichts. Aber wer sollte sonst diese kleine
Lampe dorthin gestellt haben?
Und woher wollte der Alte wissen, dass er so
gerne eine solche Lampe haben wollte? Er nahm
die Lampe in seine Hand und augenblicklich
wurde es warm in seinem Herzen, sehr warm. Es
war ein Gefühl, welches er seit Jahren nicht mehr
kannte. Dieses merkwürdige Gefühl zog von
seinem Herzen durch seinen ganzen Leib bis in
seine Seele hinein. Und mit einem Male fühlte er
sich stark, so stark wie ein Tiger. In diesem Moment hätte er alles tun können. Immer und immer wieder hielt er diese kleine Lampe dicht vor
seine Augen und betrachtete sie. Wie konnte
diese wundervolle Lampe nur so viel Wärme
und so viel Kraft verbreiten? Als er unter den
Schirm der Lampe schaute, um den Docht zum

Anzünden zu suchen, glaubte er, der Schlag würde ihn treffen. Im Inneren der Lampe befanden sich ein dickes Bündel Banknoten und ein kleiner zusammen gerollter Brief. Mit zittrigen Händen nahm er das Geld und zählte es. Es waren genau fünfzigtausend Dollar! Dann rollte er den Brief auseinander und las: „Für meinen lieben Sohn Ron. Dieses Geld habe ich heimlich für Dich gespart. Du sollst es einmal besser haben als ich. Wenn Du mal in Not bist, soll es Dir helfen und denke immer daran, ich bin immer bei Dir, wo Du auch sein wirst. Deine Dich liebende Mutter." Ron musste sich erst einmal setzen und ließ sich zwischen den Containern auf den eiskalten Boden plumpsen. Dicke Tränen liefen ihm übers Gesicht und sein Herz pochte n seiner Brust wie ein Hammerwerk. Es gab keinen Zweifel, das da vor ihm war ein Brief von seiner Mutter. Er erkannte die Schrift und er spürte es in seinem Herzen. All die vielen Jahre hatte sie das Geld für ihn zurückgelegt. Und jetzt, wo er es brauchte, kam es zu ihm. Aber wie? Sollte tatsächlich der Alte dieses Geld hierhergebracht haben? Aber wie kam er zu dem Geld? Kannte er etwa seine Mutter? Oder hatte sie ihm dieses Geld nur anvertraut? Ron atmete tief durch und stand auf. In der einen Hand hielt er die kleine Lampe und in der anderen Hand hielt er seinen alten Rucksack. Und in seinem Herzen trug er sein neues Leben, welches er sogleich beginnen wollte. Und als es Heiliger Abend war, lag er in seiner neuen Wohnung und schaute auf das Schneetreiben, welches vor dem Hause tobte. Die Lichter an seinem kleinen Weihnachtsbaum verbreiteten ein wohlig warmes Licht und er brauchte keinen großen Baum so wie die vielen anderen, die ihre Häuser in einen weihnachtlichen Zauber verwandelten. Er war bescheiden und dankbar und er betete zum Himmel hinauf. Dann nahm er seine kleine Lampe von der Heizung und drückte sie fest an sein Herz. Denn damals zwischen den Containern hatte er sie sofort erkannt! Es war die alte Petroleumlampe seiner Mutter, die sie immer auf der Heizung stehen hatte.

Manchmal sind wir so hilflos
Dann fragen wir uns, warum das so ist
Und plötzlich spüren wir es und wir wissen es genau:
Wir sind gar nicht hilflos
Denn wenn wir genau hinsehen,
dann entdecken wir das,
was uns die Kraft zum Weitermachen gibt:
Die Hoffnung

Nur eine Träne

Es sind die Gesichter der Menschen, die uns so viele Geschichten erzählen können.
Daran erinnerte sich Jane sehr oft, wenn sie wieder einmal traurig von ihrem Job nach Hause zurückkehrte. Oft war es schon dunkel, wenn sie den Schlüssel ins Schloss steckte, um die Tür des alten Hauses vorsichtig und leise aufzuschließen. Sie wollte nicht, dass ihr kleiner siebenjähriger Sohn Jim wach wurde. Sie wollte es ihm immer recht machen, sie wollte, dass er es stets guthat. Und so schuftete sie tage- und nächtelang in einer kleinen Fabrik am Rande der Stadt. Das Geld reichte hinten und vorne nicht, doch sie gab nicht auf. Sie gab niemals auf, auch, wenn ihre Schmerzen immer stärker wurden. Doch der Gedanke, dass ihr kleiner Sohn einsam und allein irgendwo zurückbleiben könnte, ließ sie einfach weiter machen. Dieser Gedanke ließ sie stark sein, auch, wenn sie es vielleicht niemals war.

Es war ein kalter Wintertag, als sie noch spät abends in die Firma lief. Sie musste zur Arbeit, denn eine Kollegin war ausgefallen, weil sie im dichten Schnee mit ihrem Wagen liegen geblieben war. Die Schneeflocken peitschten wie kleine Dolche aus Eis unbarmherzig in ihr Gesicht und versperrten ihr die Sicht auf den verschneiten Weg. Plötzlich bemerkte sie einen heftigen Stich im Herzen. Sie konnte es sich nicht erklären, wollte unbeirrt den langen Weg zur Stadt weiterlaufen. Doch der Schmerz wurde immer stärker. Noch niemals zuvor hatte sie einen solch heftigen Stich bemerkt, und noch niemals zuvor spürte sie eine solch starke Angst in ihrer Seele. Was, wenn sie jetzt umfiel, wenn sie nicht mehr weiterlaufen könnte? Was, wenn sie nicht mehr für ihren kleinen Sohn da sein könnte? Mit aller Macht richtete sie sich wieder auf und stemmte sich gegen den schier übermächtigen Blizzard.

Doch auf einmal hatte sie eine Eingebung – vielleicht war es ja gar nicht ihr eigener Körper, der so heftig schmerzte? Vielleicht war irgendetwas mit Jim?

Ohne lange darüber nachzudenken, kehrte sie um und lief so schnell sie nur konnte nach Hause zurück. Daheim schaute sie sofort nach Jim. Und tatsächlich, seine Stirn war glühend heiß, und er wimmerte nur noch und atmete schwer. Verzweifelt griff sie nach dem Telefonhörer, doch das Telefon funktionierte nicht. Vermutlich hatte der Schneesturm die Leitungen beschädigt. Ein Mobiltelefon besaß sie nicht und Nachbarn gab

es keine hier draußen in der ländlichen Abge-
schiedenheit Alabamas. Was sollte sie nur tun?
Sie musste dringend handeln und wickelte den
Jungen in eine Wolldecke ein. Schnell griff sie
nach dem Schlüssel, nahm das Kind in den Arm
und verließ eiligst das kleine Haus. Unterdessen
war auch der Blizzard stärker geworden. Jane
konnte nicht einmal mehr die Hand vor Augen
sehen. Ihre Angst wurde immer stärker, doch sie
wollte es schaffen, egal wie! Vor lauter Verzweiflung schoss ihr eine Träne ins Auge. Sie glitzerte
und funkelte wie eine Sternschnuppe und fiel
wie eine Perle in den weichen weißen Schnee.
Plötzlich hielt ein Wagen neben ihr. Die Scheibe
fuhr herunter und ein netter älterer Herr erkundigte sich, ob er sie wohl ein Stück mitnehmen
könnte. Zunächst glaubte Jane nicht, dass es der
fremde Mann ehrlich meinte. Doch dann erblickte sie seine Augen. Sie strahlten so viel Wärme
und auch Besorgnis aus, dass sie doch wieder
Vertrauen schöpfte. Mit aller Kraft presste sie das
Wollknäuel mit ihrem kleinen Sohn fest an ihren
Körper, stieg schnell in den Wagen und meinte
mit bebender Stimme, dass sie dringend einen
Arzt aufsuchen müsste. Der Fremde schien zu
verstehen und jagte das Auto durch den wüten-
den Sturm. Und es war ganz sonderbar, aber der
Wagen schien vollkommen sicher über den
Schnee hinwegzugleiten. Es ruckelte nicht einmal
und der alte Mann war vollkommen ruhig und
besonnen. Und auf einmal bemerkte Jane eine
Träne in seinem Gesicht. Doch sie zeigte nicht,

dass sie diese Träne bemerkt hatte. Sie starrte schnell wieder hinaus in die wild umherwirbelnde Flockenwand und schwieg. Immer wieder schaute sie zu ihrem kleinen Sohn, der mit seinem feuerrot glühenden Gesicht wahrlich nicht sehr gut aussah. Die Träne des alten Mannes jedoch gab ihr auf unerklärliche Weise eine gewisse Sicherheit und die Klarheit, dass alles gut werden würde. Sie wusste es genau, und als sie schließlich vor dem Krankenhaus eintrafen, konnte sie kaum glauben, dass sie es geschafft hatte. Die beiden rannten durch die Flure und Gänge der Klinik und der Fremde meinte, dass er so lange warten würde, bis ein Arzt den kleinen Jungen untersucht hätte.

Die Untersuchung ergab, dass Jim wohl den Abend nicht überlebt hätte, denn er hatte eine schwere Lungenentzündung und musste im Krankenhaus bleiben.

Als Jane voller Verzweiflung in das Gesicht des Arztes blickte, bemerkte sie eine Träne in seinen Augen. Sie blitzte und funkelte genauso, wie die des Fremden und schließlich auch ihre eigne. Und wieder spürte sie diesen sonderbaren Stich, der sich tief in ihr Herz bohrte und ihr wohl sagen wollte, dass alles gut würde. Es war eine ganz merkwürdige Verbindung, diese sonderbare Träne, die alle und alles miteinander verband.

Es dauerte Stunden, da kehrte der Arzt endlich mit einer wundervollen Nachricht zurück. Der Junge war außer Lebensgefahr und war auf dem Weg der Besserung. Jane sank kraftlos in sich zusammen, nur der Fremde konnte sie noch aufhalten. Und wieder waren es seine Tränen, die sich wie ein Schutzmantel auf ihr Gesicht legten. Sie spürte, wie ihre Kräfte zurückkehrten, und erst jetzt bemerkte sie, wie leicht, wie glücklich sie war, dass Jim gerettet werden konnte. Die ganze Nacht blieben sie und der Fremde in der Klinik, und am nächsten Morgen konnten sie Jim mit nach Hause nehmen. Es ging ihm schon wieder so gut, dass er lachte und seiner Mami weinend um den Hals fiel. Als er so weinte, bemerkte Jane, wie eine dicke Kullerträne aus seinen Augen geradewegs auf ihre Hände fiel. Die Träne glitzerte und funkelte wie ein Edelstein, und sie ähnelte verblüffend jener Tränen des Fremden und des Arztes. Vielleicht war es ja nur Einbildung, aber alles war real, und es war einfach nur wunderschön. Langsam rollte der Wagen zwischen den hoch aufgetürmten Schneedünen bis vor Janes winziges Haus. Lange schwieg sie, bevor sie dem Fremden einfach so um den Hals fiel. Sie musste sich bedanken und wollte ihm für die Hilfe etwas geben. Nervös kramte sie nach ihrer Geldbörse, doch die hatte sie bei ihrem überhasteten Aufbruch am Vorabend im Hause liegen lassen. Der Fremde winkte nur ab und meinte, dass er nichts haben wollte, weil er es eben gern getan hatte.

Jane nahm ihren Sohn, der in seiner warmen Wolldecke eingehüllt war und stieg aus dem Wagen. Lange winkte sie dem alten Mann, als der langsam davonfuhr. Schnell verschwand der

Wagen im aufgewirbelten Schnee und ward schon nach wenigen Sekunden nicht mehr zu sehen. Jane fand das recht sonderbar, denn bei klarer Sicht konnte man von hier aus recht weit sehen. Dennoch ging sie erleichtert, dass alles gut gegangen war, ins Haus und stellte fest, dass auch das Telefon wieder funktionierte. Als sie sich im Krankenhaus nach dem Arzt erkundigte, der Jim gerettet hatte, meinte man dort, dass in der vergangenen Nacht kein Arzt, sondern eine Assistenzärztin Bereitschaftsdienst hatte. Nicht einmal an ihren Besuch konnte man sich dort erinnern. Jane wusste nicht, wie sie all das verstehen sollte. Aber musste sie das denn verstehen? War es nicht einfach nur schön, dass es so war?

Als sie wenig später vor ihrer kleinen Bibel, die sie auf dem kleinen wackeligen Nachttisch neben Jims Bettchen liegen hatte, niederkniete, um zu beten, spürte sie etwas Feuchtes auf ihrem Kopf. Und als sie nachschaute, sah sie Tränen, die von der Bibel auf ihre Stirn fielen. Diese Tränen blitzten und funkelten wie kostbare Edelsteine. Und sie sahen aus wie die Träne des Arztes und des Fremden – und wie die von Jim – und wie ihre eigene!

Der Sturm im Wald

Amy liebte das Wandern. Wann immer sie es einrichten konnte fuhr sie in die Wildnis Alabamas und lief stundenlang durch die dichten Wälder im „Valley Grande" Auch an jenem denkwürdigen Sommertag im Juli fuhr sie wieder dorthin. Nach monatelanger Arbeit und ewigen durchgestandenen Kopfschmerzattacken wollte sie endlich abschalten und sich so richtig erholen. Anfänglich war das Wetter sehr gut und Amy konnte es wirklich kaum erwarten, am Zielort, der kleinen Pension beim Rentnerehepaar Grey einzutreffen. Das freundliche Ehepaar war immer so nett und zuvorkommen zu Amy und verhielt sich zu der jungen Frau, als sei es ihre eigene Tochter. Vielleicht lag das daran, dass sie einst mit ihren Eltern sehr oft in den Ferien zu den Greys fuhr und das Verhältnis deswegen auch so liebevoll und herzlich war? Jedenfalls konnte sie hier und nur hier so richtig ausspannen und zur Ruhe kommen. Wie immer wurde sie von Mr. und Mrs. Grey auf das Herzlichste begrüßt. Der Abend verlief ebenfalls so, wie es immer war und als Amy ihr reichhaltiges Abendessen verspeist hatte, ging sie sofort ins Bett. Sie wollte ausgeschlafen sein, wenn sie am nächsten Morgen loslief.
Auch die Nacht verlief ruhig und am darauffolgenden Morgen brach sie schon sehr früh auf. Bis zum Mittag wollte sie einen ganz bestimmten Punkt erreichen, der in keiner Karte eingezeich-

net war und von den Greys oft besucht wurde: „Stocks Point"! Für ihre wenigen Gäste hatten sie diesen Ort ein wenig umgestaltet und einen dicken Baum, der wohl schon tausend Jahre auf seinem Buckel haben mochte, sozusagen als Attraktion eingerichtet. Um seinen dicken Stamm rang sich dort eine hölzerne Treppe, die bis zur Baumkrone führte. Von dort hatte man dann einen wunderbaren Blick über das Areal und den gesamten Wald. Der Weg durch den Wald gestaltete sich als ein wenig schwierig, denn urplötzlich hatte das Wetter gewechselt und Regen prasselte vom wolkenverhangenen Himmel. Amy ließ sich jedoch nicht beirren; mutig lief sie weiter und trug ja auch wetterfeste Kleidung, um beinahe jedem Wetter zu trotzen. Der Weg wurde seichter und Amy war sich auf einmal gar nicht mehr so sicher, ob sie es bis zum Baum bei „Stocks Point" schaffen würde. Doch sie schaffte es und wollte umgehend die Stufen bis zur Baumkrone erklimmen. Dort oben konnte man sich unter ein Dach setzen, welches eigens für die Besucher gebaut worden war. Als Amy oben war, genoss sie die Aussicht, auch, wenn wegen des Regens und der diesigen Luft der Ausblick nicht allzu gut war. Ein wenig erschöpft setzte sie sich auf das Holzbrett, welches zwischen zwei Astgabeln lag und eine Bank darstellte. Auf diesem Moment hatte sie all die vielen Monate gewartet und sich in dieser langen Zeit so sehr danach gesehnt. Hier konnte sie über einige Dinge nachdenken und endlich richtig ausspannen.

Leider bemerkte sie nicht, dass nicht nur der Regen an Intensität zunahm, sondern auch der Wind immer stärker wurde und sich zu einem heftigen Orkan entwickelte. Als sie aus ihrer Gedankenwelt zurückkehrte, bogen sich die umstehenden Bäume bereits derart, dass einige von ihnen laut krachend umknickten. Ängstlich schaute Amy zum Waldboden hinab, denn auch ihr Baum wiegte bedrohlich hin und her.

Gerade wollte sie hinuntersteigen, weil ihr die Sache zu gefährlich wurde, da geschah das Unglaubliche: Der Sturm fuhr unter die Bretter der Stufen und riss sie aus ihren Verankerungen. Klappernd und krachend flogen sie davon und Amy starrte ins Leere. Sie konnte nicht mehr heruntersteigen, und für einen Sprung aus der Baumkrone war es einfach viel zu hoch. Panisch starrte sie in die Tiefe und glaubte sich bereits in jenseitigen Gefilden, als sie plötzlich jemanden vor sich bemerkte. Erschrocken starrte sie in das warmherzige Gesicht eines alten Mannes. Er trug eine grüne Uniformjacke und alte ausgebeulte Hosen. Auf seinem Rücken hatte er einen kleinen Rucksack geschnallt und in den Händen hielt er ein dickes Seil. „Wie sind sie hier heraufgekommen", rief Amy und ihre Worte verhallten dumpf im Getöse des tosenden Sturmes. Der Alte lächelte und sagte dann: „Mein Name ist David Morrison und ich bin Ranger hier im Wald! Komm, wir müssen schnellstens hier weg! Hinter der Baumkrone befindet sich ein Übergang! Der wurde zwar nie genutzt, aber es gibt ihn noch. Ich werfe das Seil hinüber, woran wir uns festhalten können, schnell!" Ehe Amy noch etwas fragen konnte, wies sie der alte Mann zur anderen Seite der üppigen, schwer einsehbaren Krone des Baumes. Hier befand sich tatsächlich eine sehr schmale Überführung aus Holzbrettern. Der Alte warf das Seil zum gegenüberliegenden Baum, der ebenso hoch war wie der auf dem sie standen und dann balancierten sie vorsichtig hinüber. Von dort führte eine noch intakte Wendeltreppe aus Holzstufen hinunter. Schnellstens liefen die beiden über sie hinab und standen schon nach wenigen Minuten auf dem sicheren Boden. Erleichtert bedankte sich Amy bei dem alten Mann und der kramte umständlich etwas aus seiner Hosentasche, drückte es Amy in die Hand und sagte dann: „Also dann Mädchen, geh jetzt schnellstens heim." Amy betrachtete sich den Gegenstand, der in ihrer Hand lag und staunte; es war ein kleines Foto von ihrem vermeintlichen Retter in einem metallenen Rahmen. Weil das Wetter immer schlechter wurde, steckte sie es weg, zog sich die Kleidung zurecht und lief schnellstens zurück. Die Greys hatten schon einen befreundeten Ranger angerufen, der sich gerade auf den Weg machen wollte, um Amy zu suchen. Es war sehr gefährlich, bei Sturm durch die dichten Wälder zu irren, denn herunterfallende Äste oder umstürzende Bäume konnten zu einer großen, unberechenbaren Gefahr werden. Als Amy erschien, waren alle erleichtert und die Greys nahmen Amy in ihre Arme. „Gott sei

Dank, du bist wieder da. Wir hatten schon das schlimmste befürchtet, denn dieser Sturm ist einfach mörderisch!" Amy zitterte noch immer am ganzen Leib und als sie die Story von der zerstörten Treppe am Baum erzählte, liefen Mrs. Grey die Tränen übers Gesicht.

Als Amy jedoch von dem alten Ranger David Morrison berichtete und das winzige Foto in dem verbogenen Metallrahmen zeigte, wurden die Greys auf einmal sehr schweigsam. Amy wunderte sich über das merkwürdige Verhalten ihrer Wirtsleute und wollte wissen, was es war. Mrs. Grey war sehr nervös und dann sprach sie mit zitternder Stimme: „Ach ja, der alte David. Ja, der war tatsächlich mal Ranger hier in der Gegend. Eigentlich wollten wir es dir nicht sagen, aber David war dein Vater. Die Umstände damals jedoch ließen nicht zu, dass du weiter bei ihm sein konntest. Na ja, jetzt weißt du´s. Wir haben deinen jetzigen Eltern, den Snyders, versprochen, dich immer hierher zu holen, wenn es möglich ist." Amy musste weinen und ließ sich schließlich entkräftet auf einen Stuhl fallen. „Warum hat er nichts gesagt, als er auf dem Baum war, und warum hat er mich nicht behalten können?" Aufgeregt räusperte sich Mrs. Grey und wurde dabei immer unruhiger. Mr. Grey schien noch immer die Fassung zu bewahren und er sprach mit monotoner Stimme, die einen gewissen seltsamen Unterton zu haben schien: „Weil er bei einem Blizzard starb, als du drei Jahre warst."